繁花盛开的
夏 天

烟罗
作品

贵州出版集团
贵州人民出版社

圣洁是你
黑暗是你
我来这世上的意义
原来全都是你

方柯（金浩森饰）　摄影／MOON文子

他沉默、高傲、阴郁、狠决、专情，他是**方柯**

方柯，他那一向美丽深沉如夏夜天空般的眼睛，正专注而认真地看着她。

她曾经以为，他就算有一千种情绪对她，但也绝不会有一种，叫作温柔。

但是，这一刻，他比夏栖的月，更加温柔。

这世界在他眼里，是一个荒诞的马戏团，有人戴着小丑面具，有人戴着超人面具。所有人都以为，他和方潜，一个是演出时的闪亮主角，一个是不肯上场的逃兵。

方柯（金浩森饰）　摄影/MOON文子

方柯不一样，和之前她所熟悉的那些坏学生不一样。
他似乎随心所欲到令人发指。

方柯确实在看魏南玄。
他是那种不太在意别人目光的人，想做什么就直接做了。所
以他看着魏南玄的侧脸的时候，表情是一如既往的我行我素。

/

他伏在离她可能不足一尺的距离里整日沉睡着，像一个背着厚厚盔甲冬眠的动物。

虽然总是皱着眉头，好像在梦里也很不开心的样子，但他始终是安静的，安静得仿佛置身于这个世界之外。
那样的他，日复一日，仿佛没有任何事情，可以惊扰。
而看着他的她，也日复一日，仿佛成为一种安心的习惯。

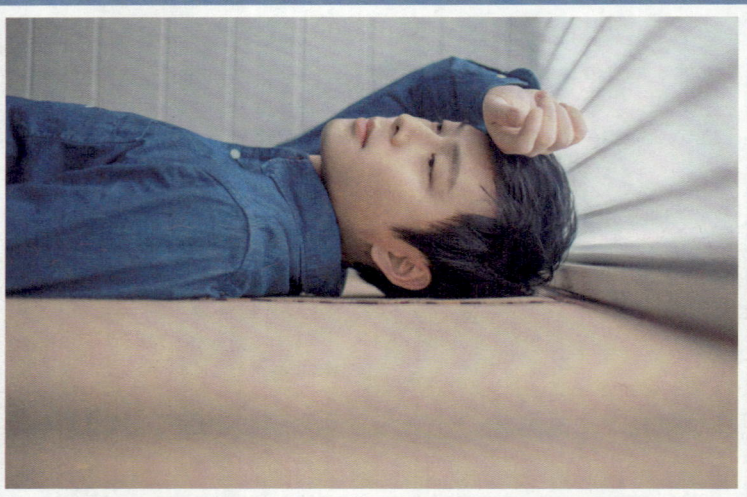

方潜（莫峻饰） 摄影／夏夜

代表新教学楼捐赠人站在校长身边微笑着发言的方潜，像清新明亮的世外山谷里升起的皎皎月色，优雅、自信、闪亮。他这样一个人，简简单单地站在那里，就能让周围的一切，都黯淡下来。

他温柔而不失礼貌，自信而掌握分寸，仿佛与生俱来，他就代表着光明。

完美的方潜。

他温柔、敏感、脆弱、优秀、完美，他是**方潜**

所有的一切，像一幅诡异的名画。即将死去的名画。

南玄（刘梦依饰）摄影／夏夜

她就像一朵在岩缝里努力生长出来的小花，也许头顶没有星星，没有月亮，没有一丝光，她也不知道未来的方向，然而，即使是在睡梦里，她也没有放弃过对于生长的渴望。

她很温柔，她是黑暗里开出的洁白小花，她是**南玄**

你还记得吗？那是我送你的第一束花，它的名字叫，感激。

南玄（刘梦依饰）　摄影／夏夜

该怎么欺骗自己呢？

在落入他怀里的那一瞬间，她的心里，竟是快乐多过恐慌？

竟然是，希望他不要放开……

再逃避，再迟钝，她也不得不正视自己的内心，原来，她竟然喜欢他。

可是，她怎么会，喜欢上他？

现在的她，哪里有资格，对任何一个人说喜欢？何况是他？

她应该时刻谨记着，她是需要绝对小心才能平安长大的魏南玄，她是一步也不能出错的魏南玄，而他是自由嚣张充满变数和危险的方柯。

他游离在她的世界之外，闪亮任性得有些刺眼。

顾念乔（乾会饰）摄影／夏夜

只有这一次，她为一个并不那么在乎她的人深深沦陷。
她终于知道喜欢一个人的滋味，患得患得，甜蜜疯狂，但
是太美妙了。

17 岁，她很可爱，她飞蛾扑火般爱着那个男孩儿，她是**阿乔**

在大片繁茂而浓烈的玫瑰花田里，荆棘划破了洁白的脚踝，女孩儿用花朵编成了绳索。

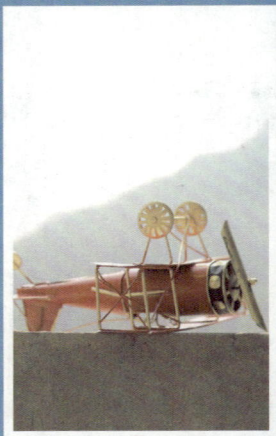

An Exquisite Meeting

两个原本都不是生长在这里的灵魂
他们需要一片繁花盛开的土地……

目录
Contents
繁 花 盛 开 的 夏 天

目录
Contents
繁 花 盛 开 的 夏 天

目录
Contents
繁 花 盛 开 的 夏 天

目录
Contents
繁 花 盛 开 的 夏 天

繁花盛开的夏天

鼠尾草的雨

— 楔子 1 —
summer

再见，方柯；
再见，夏栖。

大片大片的紫色鼠尾草和白色桔梗，像羞怯而沉默的少女，点亮星星点点的心事，沿着水库和山脚的边沿，安静蔓延。

南玄采了一把鼠尾草尖上的细小花穗，捧在手心里，回头再看方柯，发现他竟然已经双手枕在脑后，直接躺在草地上睡着了。

睡着了的方柯，没有了平日里的压抑、暴躁、暗含威胁。

少年的面孔干净美丽得如同花朵。

十七岁的南玄呆呆地看着方柯的睡颜，平日里，她可不敢这样正视他。

大概，也只有经过的路人会被他这乖巧美好的模样迷惑吧。

心里突然冒出了一个恶作剧的念头，她差点被自己吓到。但到底，她还是偷偷伸出了手。

轻轻一扬，紫色的细碎的小花像一场世界上最小的调皮的雨，在少年白净的面容上纷纷落下。

"下雨啦！"她声如清风。

方柯睁眼的同时，已闪电般抓住了欲逃的南玄的手腕，也清楚看到了她嘴角那小猫一样顽皮的笑意。

原本蓦然而起的恼怒一瞬间化为怔忡。

这个总是在假装冷静其实心如小鼠般惊惶的女孩儿的脸上，终于有了她该有的可爱小猫一样的顽皮表情。

他手腕稍一用力，把她拉近一点，另一只手飞快伸出轻弹了一下她的额头，嘴角却弯起他面上少见的向上的小弧度。

南玄一瞬间全身都僵住了，心里的触动与欢愉如河边肆意蔓延的紫色小花，在风里羞涩地颤动。

方柯，他那一向美丽深沉如夏夜天空般的眼睛，正专注而认真地看着她。

她曾经以为，他就算有一千种情绪对她，但也绝不会有一种，叫作温柔。

但是，这一刻，他比夏栖的月，更加温柔。

突然，她发出一声惊叫。

那嘴角含笑看着她的少年的英俊面容竟像年久淡去的水墨画，一点一点，在眼前变得模糊起来。

她下意识地伸手去抓他的手，触手却不是温暖的皮肤，而是冰冷虚无的空气。

青黛色的小山，明如碧玉的水库，夏天夜晚的空气里，飘荡着的紫色鼠尾草的清苦香气和闪亮萤火，都渐渐地淡去了。

淡去了。

还有方柯，他微笑着，带着他从来没有过的最温柔的笑意，无声无息，没有告别，就这样隐入越来越黑的背景里，直至消失不见。

"不！"

南玄猛地睁开眼睛，就像过去的无数个冰冷夜晚，醒来时，发现只是一场久远的逝去的梦。

她的眼泪汹涌地流下来，但她咬着嘴唇，没有再发出一点声音。

方柯，这一生，我们大概再也不会遇见了吧。

你总是走在我的前方，那么明亮，那么刺眼，我无数次地想要逃开，但总是被你吸引。

你不肯熄灭你的光亮，也不肯关上通往你世界的门，你不愿意等一等我，等我可以有资格说喜欢你，你也不肯让我逃走。

是你一次又一次，让我无路可逃，最终被整个世界遗弃。

繁花盛开的夏天

有生之年，
狭路相逢
— 楔子2 —
summer

有生之年，狭路相逢，
终不能幸免。魏南玄。

　　鼠尾草淡紫色的箭形花穗骄傲地昂着头，似是在寻找着天空的微光照拂的方向。

　　墨绿色的尤加利叶片和新鲜的高山羊齿叶片友好地搭着肩，托着一朵慵懒的白色绣球花。

　　而它的身边，同为紫色系的桔梗们含羞带怯。

　　空气里，浮着很淡很淡的植物香气。

　　方柯静静地站着，低头看自己巨大的黑色办公桌上的这一瓶桌花。

　　他的侧脸如花般静美，已经是快三十岁的人了，不言不语时，脸庞却依然像个清秀少年。

　　如果，不和他的目光对视，这种错觉，大概可以一直维持。

"为什么在我桌上放花？"清楚却略为低沉的声音，不似传说中那般冷漠，甚至还带着一点因为语调稍微缓慢而产生的温情幻象。

秘书小妹赶快上前解释。

为什么放花？

当然是讨好试探你啦……

上个月起公司易主，被巨鲸吞并，本月集团决定下派新的执行总经理，就是这位方总，大名方柯。

传说中这位从法国回来的年轻英俊的方总是个神秘而强硬的实力派，她们这些前途未卜的小虾米，能不在新领导到任的第一天想尽浑身解数讨好试探吗？

小妹的心里这么想着，嘴上却恭敬地回答："方总，摆放鲜花是公司的内部文化建设之一，我们公司是做文化创意的公司，美丽的鲜花能带来灵感和愉悦的体验……"

"取消。"

"什么？"小妹没反应过来。

"从今天开始，所有的办公室桌花、会议桌花，全部取消。"方柯轻轻咳了几声，挥手示意小妹离开，"把今天的花也拿走。"

他的语速仍是不急不缓，但也听不出任何的温度起伏。

小妹不安地低下头称是，上前抱起花快速离开。

"魏小姐，对不起啊，以后可能不能订你的花了……"把那束美丽的鲜花细心地在自己小小的办公桌角上摆好，小妹对着电话那头小声地说。

"怎么了？不喜欢今天的花吗？"

"不是的。"小妹唉声叹气，"新来的方总不喜欢花，说以后公司不许订花了，会议桌花也要取消。"

"啊……"电话对面的女孩儿柔声安慰道，"没关系，小妹，谢谢你一直用我们家的花。"

"我们全公司都特别喜欢你的花，花材新鲜，总有新品种，又搭配得特别好！"小妹压低声音说，"也许方总身体不好，对花过敏吧……我看他长得那么好看，可是年纪轻轻，就病恹恹的样子，脸色发白，看到花还老咳嗽……"

桌上的小灯突然闪了一闪，小妹赶快挂了电话，快步跑向方柯的办公室。

一切似乎和刚才她出去时并没有两样，只是方总的手指间，夹着一张淡紫色的名片。

是她刚才不小心落下的魏小姐花店的广告名片。

"公司一直用的是这家的花？"方柯语气淡淡的。

"是的。"小妹点头。

"这位魏小姐，今天在不在店里？"

"啊？"小妹茫然，"魏小姐早上还来送过花，应该在吧……"

"你出去吧。"

修长的手指在淡紫色的仿佛还带着花香的名片上划过，方柯又轻轻咳了几声。

是了，那三个字，分毫不差。

这个名字，很难撞名，所以，一定是她了。

有生之年，狭路相逢，终不能幸免。

魏南玄。

"秦云凡，准备一下车。"

"今天空气质量不是太好，城市污染指数偏高。方总现在要出去吗？"电话那头的声音温和清朗。

顿了两秒，没有得到回答，只隐隐传来几声压抑的轻微的咳嗽。

秦云凡已然明了，他偏头看了一眼随时带在身边的药箱，简洁地对着手机回答："好。"

小姝把办公室的门轻轻关好，小步碎跑着回到了自己的座位上。

这位方总的眼神真是杀伤力太强了，正面看人的时候，明明没什么凶恶表情，但眼睛的深处，却仿佛有着千年寒冰碴儿，让人脖子后边莫名生出一层毛毛汗来。

但什么寒冰也不能冻住小姝八卦的心哪。

"魏小姐，有转机！你是不是和我们方总是旧识？他刚才问起了你！"

"啊？你们方总……"穿着淡绿色围裙，正在整理花枝的魏南玄右手突然一抖，粉色的伯爵玫瑰的尖刺扎破了她的指尖，沁出一颗暗色血珠来。

"是啊，我们新来的那个方总！"

"姓方吗……小姝，你刚才是不是说……他长得好看，但身体不好？他……是不是叫方潜？"

"不是，他叫方柯。"

繁花盛开的夏天

夏栖小镇，
十二年前

— *Chapter1* —
s u m m e r

没有人知道他是睡着了，
还是在发呆。

九月，夏栖镇中学开学季。

下午上课前的二十分钟，永远是这所小镇中学一天中最喧闹的一段时间。

从短暂午休中昏昏而醒的嘟囔声，夸张追逐的打闹声，推掇桌椅的刺耳刮擦声，还有头顶上不停转动的老式吊扇努力而辛苦的喘息声，带起一阵阵更加燥热的风。

这是魏南玄所熟悉的环境。

身为班长的她，总会在老师到来前，温和地带领全班同学进入下午的上课状态。

人声会渐渐小下去，翻动书本和如山试卷的声音形成有魔力的充满感染力的涓涓细流，高中生们纷纷自我振作。

然而方柯除外。

他一如既往地伏在桌上，脑袋偏向窗外。从南玄的角度看过去，只能看到他的一头黑发在风扇的执拗吹拂下微微起伏。

开学已经半个月了，现在南玄已经清楚地知道，他可以维持这个姿势和状态几个小时毫不动弹。

没有人知道他是睡着了，还是在发呆。

随着上课铃声响起，任课老师抱着厚厚的备课夹匆匆走进教室，闷声将教案往讲台上一放，瞬间扬起一片小小的粉笔尘埃。

随着南玄认真清楚地喊起立的清亮声音，四十几个人都在带动课桌椅的咯吱声中纷纷站起。

只有南玄身边的这个人，仍然保持着那个姿势，没有任何反应。

他是得到所有老师默许的，这小镇中学里最特殊的存在。

或者说，老师们都打算当他根本不存在。

"张佳伟！"伴随着数学老师的一声暴喝，空气里划过一道闪亮的白线，粉笔头准确地砸在了最后一排把头埋在桌膛里的一个男生的背上。

正埋头在热血漫画里痛快厮杀的张佳伟猛地欲抬起头，却发现不知何时角度出错，把一颗大脑袋卡在了桌膛里，越急越无法自拔。

短暂的惊愕、迷茫、沉默后，教室里蓦然爆发出惊天动地的狂笑，连戴着黑框眼镜一脸严肃的数学老师也被这突如其来的意外情况惊到了。

即使是在满教室如海啸般疯狂的笑声里，张佳伟也能清楚地一下子辨识出顾念乔的笑声。

阿乔的笑声像银铃一样欢快，像阳光一样肆意，不知道是头被卡住的原因还是因为意识到阿乔也在笑自己有多狼狈，张佳伟瞬间觉得自己要炸了。

如果说青春时期的每一个班上都有两个群体，学霸围在老师和班长身边闪闪发光，那学渣们就一定也有一个他们所信奉的老大，带领他们横行霸道祸乱校园。

张佳伟，就是这个班上的学渣派老大。

他对这个身份分外骄傲，也分外珍惜。

然而现在他的头被桌膛卡住了，拔不出来的样子一定是难以想象的丢脸和羞耻。

十分钟后，张佳伟终于在数学老师的帮助下脱离了困境，教室里的混乱声浪也渐渐平息下来。

然而不待数学老师发声，张佳伟已经疯狂地一脚踢翻了身为罪魁祸首的课桌，如一头被激怒的疯牛般，一声怒吼将椅子举起狠狠砸向地面，再将桌子用力举高摔下。

小镇上的课桌椅依然沿袭木质结构，经不起这样的大力摧残，顿时散架，有木片飞溅起来，伴着周围的同学惊叫逃散的混乱。

接着他夺门而出。

他根本不敢抬头，害怕看到阿乔和他那些小弟此刻的脸。

冲过靠窗的一排桌椅时，他的目光却不知为何，完全不受控制地被窗边那一团黑色的阴影吸引而停顿了一下。

午后的小镇，阳光渐渐稀薄，每一扇窗，都如同一个流动的画框，看得见里面的色彩，渐渐从张扬变得静默。

伏在那窗边的少年，像一只背着厚重盔甲的奇异动物，在这样长时间的混乱喧闹里，岿然不动。

他穿着这个镇上的少年们很少会穿的黑色衬衫，流畅而毫无褶皱的布料下，身材是线条完美的结实劲瘦。

如果他此刻抬起头来，大概还能看到他赤裸裸的、塞满冰冷嘲讽不屑的双眼，那眼睛如幽谷深潭般有着某种蛊惑的暗光，把那张比女孩儿还要清秀白皙的面庞变得说不出的邪气。

在这个人口不足一万的小镇上，只有这么一所唯一的中学，而在这小镇中学里，所有的同学几乎都是幼时玩伴。

然而只有那少年，他是陌生人。

一个月前，当他突然来到夏栖镇，张佳伟和阿乔之间的平静，似乎就开始发生变化。

不光是阿乔，几乎这校园里所有的女生，都在谈论他，目光追随他。

而同样是上课开小差，所有的老师几乎都对他的出格行为视而不见，却对张佳伟这样的学生毫无宽容。

就是这样，才引发了这场丢人的灾难。

"方柯……他妈的，方柯！"

呼呼的风声在耳边响着，张佳伟的脚步疯狂而急促，他在小镇的长街上奋力奔跑，发泄着莫名的焦躁，找不到出口。

咬牙切齿间喊出那个名字，情绪像开闸的水，终于汹涌奔出，莫名畅快。

繁花盛开的夏天

错误的
过家家游戏

— Chapter2 —
summer

竟然是这样一个生物，

在自己身边坐了近一个月？！

夏栖中学门口的小超市，是夏家姐妹开的。

超市里有着别致干净的白色钢质货架，清水培养的大盆繁茂绿萝，各种丰富的饮料零食包装鲜艳可爱，甚至还辟有一个小小的休息区，虽然只有一张小小的杉木圆几、三把小椅，却也透出小镇上难得的一点文艺心来。

姐姐夏琴能干泼辣漂亮，在大城市工作了几年回来定居，说话又快又逗，深受学生们喜爱。妹妹夏雪和南玄同岁，却已无心向学决意辍学守店。南玄和夏雪平时关系不错，有时放学后的那段时间生意火爆，她也会来帮一下忙。

"哇，夏琴姐，这是新来的饮料吗？是哪个国家的？有五种颜色耶，好漂亮！"

阿乔欢快活泼的声音在一阵嗡嗡的男声中显得格外清脆。

正在帮夏雪整理零钱的南玄回头看了一眼，果然不出意料的是班上那一群男生，众星拱月般围着阿乔，而阿乔则对新来的进口饮料充满兴趣。

南玄抿着嘴微微笑了一下，低头继续。

"是韩国的，阿乔公主要每种口味都来一瓶吗？"夏琴也很喜欢漂亮的阿乔，两人早已熟悉，说话间都是玩笑嬉闹。夏雪却不屑地撇了撇嘴，从鼻子里发出一声轻轻的冷笑。

"张佳伟，你带钱没有？"阿乔扭头问旁边的人。

张佳伟一时头冒虚汗。

几瓶饮料的钱而已，但阿乔平时并不会在大家面前这样问他，因为，她一直都知道，即使是这一点点钱，他也没有。

张佳伟喜欢阿乔，不仅因为她漂亮、可爱，更因为她任性刁蛮的外表下，一直小心地维护着他那点可怜的自尊心。

她知道他有多穷……

但是今天……

张佳伟的眼角余光突然扫到一角。

角落里的杉木圆几边，呆呆坐着的黑衣少年像一根毒针刺痛了他的双眼。

他突然明白了阿乔心不在焉的原因。

他没有接阿乔的话，却朝着身边的杜明和江小淮使了个眼色。

方柯不动声色地皱了一下眉。

他不用扭头，也知道身边有人在不怀好意地靠近，也许他该感谢方宝剑那个冷血的老东西因为害怕他被轻易绑架成为他可耻的软肋，而从小将他送到名师那里苦练自由搏击。虽然被斥为最无用的儿子，但他至少实现了方宝剑其中一个心愿——十七岁的少年能够在任何环境下强悍地自保。

但是，这不过成为他被他们抛弃放逐的更为强有力的理由罢了。

"只要你不杀人不放火，在你爷爷奶奶家老实待完这几年，我就送你出国镀个金，回来跟着你哥打理公司，这辈子什么也不用想。你是个废物，能投胎到方家，真是好命！"

方宝剑恨铁不成钢的混浊声音像魔咒一样在耳边回响，还有妈妈哀求般的叹息声，方潜欲言又止的忧郁双眼。

真是够了。

哗啦！

有什么东西狠狠撞了他一下，细碎的声音散落一地。

然后是夸张的表演。

"哇，老大你看这是什么？这这这……这不是白天我掉的那支钢笔吗？哎呀还有……"

"还有我的手表！哎哟这是谁啊，这不是我们班同学吗？我们的东西怎么都跑你书包里去了？"

"同学，解释一下啊？看你平时一副看不起人的样子，原来是一个偷儿啊。"

……

杜明和江小淮一唱一和的巨大声音实在从头顶假到脚底，但哗众效果不错。

张佳伟满意地粉墨登场："怎么回事你们？咦，方柯怎么了？"

杜明抢着扬声："老大你看，这小娘们脸是个偷儿啊，刚刚我不小心碰到了他的书包，掉出来的都是我们的东西！"

闻声而至的夏琴试图打圆场："吵什么呢？都是一个班同学吧，有话悠着点说。"

江小淮打断："老板娘你惨了，你这店里最近有没有掉东西？你看这人坐在这里看来是准备搬空你的店！"

杜明接上："这下可不太平了，我就说大城市里来的小娘们脸一肚子坏水吧，指不定打什么主意……"

越说越不像话，阿乔伸手啪地打了江小淮的背一下："胡说什么呢！方柯怎么可能偷你们的破东西！"

张佳伟却弯腰从地上拾起一样东西，自言自语道："这不是阿乔的发夹吗……"他做出一脸无法相信的惊讶表情转向方柯，"不但是偷儿，还是个变态……"

阿乔一下怔住了。

张佳伟手里的，真的是她今天上午遗失的发夹。

方柯双眸低垂，浓密的睫毛在他的眼周投下一片小小的阴影，那阴影没有丝毫的波动，好像他根本没有听到身边的人混成一片的质疑、指责和羞辱。

那些幼稚把戏对他来说，甚至算不上肮脏生活里的一点蛛丝，连伸手拂一下，都觉得多余。

他缓缓地侧身弯腰拾起了被扔在地上的书包，伸手从里面掏了支笔和一个便笺本出来，认真地摊在圆几上，开始写。

大家面面相觑，连杜明和江小淮都觉得有点演不下去了。

本来就是放学时间，来小超市买东西的学生多，听到动静都围了过来，事情闹大让方柯名誉扫地是他们的本意，但方柯却如此画风不对。

面对公然的指责羞辱，他竟然都不争辩一句。

这人是不是有点傻？还是脑子有病？难道他们看走眼了？

好在方柯写得很快，十几秒的时间，他就写完了。唰地撕下有字的那一页，收起本子和笔，他站起身来。

比在场所有少年都要高出半个头的身高，带来一片压迫性的阴影。

方柯抬眼扫了一下人群，然后伸手将有字的便笺递给店主夏琴。

"老板，请给我订五箱这个牌子的矿泉水。"他说。

这可能是大家第一次听到他的声音。

他的声音意外的清朗，并不像他的表情那么阴郁，语速很快，内容肯定，滑润的声线里，毫无商量余地。

然后他就准备走了。

张佳伟再也沉不住气。

他家境不好，成绩不好，能够得到现在的班级地位，靠的是一腔狠劲和一点义气。

他不能这样莫名就失了城池。

他闪电般伸手揪住了方柯后背的衣服。

与此同时，一个温和轻缓的声音在他们中间响起，是他们都熟悉的一个声音。

"张佳伟、杜明、江小淮……你们再这样胡闹，我要去报告杜老师了。"

魏南玄今天穿着学校发的秋季校服，因为太瘦了，淡蓝色的校服罩着她的身体，有些飘荡的感觉。

为了方便做事，她小心地把袖子卷到手肘处，露出了莹润纤细的手臂。

头发是万年不变的简单马尾，小小的算得上秀丽的脸安静而认真，看着他们的时候，几乎要透出一种慈爱的圣光来。

她是漫画书里最标准的良善少女，老师眼里最得意的乖巧学生，学渣们都有些望而生畏的班长大人。

方柯转头看着她，他早就看到了南玄也在，但他没有想到她会出来说话。

他突然发现，开学这么久了，他根本没有正眼仔细看过老师苦心安排给他的这个好同桌。

她还在那儿语声轻柔细声细气地教育那几个浑小子："张佳伟，我都看到了，是你们几个故意把东西扔在地上，说是从方柯书包里掉出来的。你们再这样胡闹，我只好报告杜老师了。"

报告老师，报告老师……

这种小学生才会说的台词，她竟然说得这样理所当然毫无负担，简直像一台刻上了闪闪红星的复读机。

方柯突然觉得自己的胸腔里涌动着什么。

是的，那种感觉，越涌越厉害，简直无法控制就要喷出来。

是的，眼角很涩，胸腔很疼……

那种感觉叫，爆笑……

这个土到爆的镇子，这些他根本不想看见却不得不一起生活的蠢人，这个连空气都让他感到窒息让他每一秒钟都想疯狂破坏的地方……居然生活着一只这么一本正经的远古生物。

她以为自己是身披红旗头戴红花要被印刷到宣传册上的韦大接班人吧，以消灭一切黑暗为己任。

竟然是这样一个生物，在自己身边坐了近一个月？

方柯突然产生了久违的恶作剧的念头。

小恶魔的角在他的头顶无声无息地滋滋生长了出来。

他回头朝有些退意的张佳伟勾了勾手指。

张佳伟一愣。

他开始没注意到魏南玄也在这里，说实话，他并不想招惹魏南玄这样的好学生，尤其她还是班长，是老师的心腹。

但是方柯的表情突然有了变化。

他笑得邪气又招摇，眉梢眼角毫无遮挡地写着挑衅的字样。

他勾手示意他们几个都出店来。

南玄的心一沉，她不知道怎么了，竟下意识地伸手想拉住方柯的袖子。但方柯看似根本无意的轻轻一拂，就已经走过了她的身边，到了超市外边的空地上。

方柯的表情，犹如恶魔附体般诡异，似笑非笑，加上容颜俊美，嘴角微扬间，让人察觉无法把控的惧意。

张佳伟几个人骑虎难下地跟了出去，身体已经暗中蓄力。

然而根本没有任何机会。

倒下去的一刻，张佳伟的耳朵里，塞满了阿乔的尖叫声。

　　那少年快如闪电的出手、痛彻心扉的重击，让面上所有酸甜苦辣的感受都变成了一团混浊……还有风，很腥的风。

　　原来，他以前玩的，都是过家家游戏。

　　失去意识的瞬间，他想：原来这才叫打架。

繁花盛开的夏天

危险世界

— *Chapter.3* —
summer

她是需要绝对安全
才能平安长大的魏南玄，
她必须远离危险。

夏栖十月的月色，像一把神奇的魔擦，轻轻拂过，就一层一层地带走了白天的燥热，涂上了舒适的清凉。

南玄快步走向位于镇东的家。

这是镇上去年才开发的一处新小区，去年冬天的时候，唐姨拿出全部的积蓄买了一套一楼的三室，他们一家四口在夏天到来前迁了进来。

说是一家四口，但其实南玄清楚地知道，自己只是一个寄人篱下的外人。

爸爸、唐姨和球球，才是完整的一家。

她再次加快了脚步，然而还未到家门口，已听到球球排山倒海般的尖叫。

她的心一紧。

推开房门，客厅里果然一片狼藉，爸爸正趴在地上做小狗状乞怜想搏歇斯底里在发脾气的小儿子一笑，而唐姨新烫的卷发已经被球球扯成了爆炸式，隔着几米，都看得到她大红的连衣裙后背被汗水濡湿了一片。

"儿子，好儿子，你看看你爸，你看他像不像大狗狗？你想不想骑狗狗？哎哟儿子……"唐姨到底是唱过山歌的嗓音，在球球的绝对声浪里还能杀出一线存在感来。

"我不要吃蛋！我不要吃鱼！我不吃！"四岁半的浑小子挥舞着嫩藕节似的手臂，生气地把玩具到处乱砸，衣服也在争斗中被掀乱，露出了圆滚滚的小肚皮。

"小南你死到哪里去了！怎么才回来？快过来抱球球！"对儿子的耍横完全无招的唐姨福至心灵地扫到了门口的南玄，立刻像被踩了尾巴的母猫一样尖叫起来，声调气势完全不同于做球球的好妈妈时的状态。

南玄连书包也顾不得放下赶快跑过来，把小胖子抱起来哄。

说也奇怪，混世魔王小胖子球球一到了她手里，立刻就眉开眼笑，伸手一把搂住她的脖子就来了个响亮的大亲亲。

"姐！姐姐！"

清甜软糯的声音叫得人的心都化成了糖水。

全家顿时从灾难现场解脱出来。

南玄搂紧球球，把他抱回餐桌旁。

她不敢回头看唐姨更加不爽的脸色，也不忍看爸爸那毫无尊严的赔笑。

吃过饭，因为球球缠着她要讲故事，南玄就抱他回了自己的房间。

说是她的房间，其实只是将餐厅面积缩小了一点，加上阳台开出来的几平方米，能放下一米宽的小床和一张小小的书桌。然而有独立的门，有自己的空间，南玄已经非常非常满足。

因为本来是阳台，所以早晨的时候，拉开碎花窗帘，还会有铺天盖地的阳光涌进来，比起过去的那些年一直只能蜷缩在客厅的沙发上，听着唐姨训斥爸爸的声音，现在，她甚至可以在睡不着的夜晚安静地偷看星星了。

南玄把球球放在自己那张小小的床上，伸手轻轻摸了摸他那颗毛茸茸的脑袋。

"球球，刚才怎么又闹妈妈啦？不是答应姐姐要乖吗？"她的声音细细柔柔的，好像羽毛一样，小小的脸上是让人充满安全感的笑意。

球球开心地抱着南玄的胳膊蹭："球球……喜欢姐姐。"

"可是姐姐要写作业呀，写完作业才能陪你玩。"南玄为难地轻轻刮一下他的小鼻子。

"球球自己玩。"

"好的，那我快点写。"

南玄就把球球的玩具和书拿进来一些，路过客厅的时候，听到唐姨在房间里朝爸爸发火："我每天累死累活去厂里上班，扎十字绣扎到两只手上都是密密麻麻的洞，你成天闲在家连个孩子都带不亲，亲儿子都哄不好，你这个爸爸到底有什么用！"

她的身体因不安而有些绷紧，不忍多听，赶快轻手轻脚回到自己的房间关上门。

一边飞快地做着题，一边留意着球球的动静，看他真的开始一个人玩恐龙大战的游戏，还知道闭紧小嘴巴不发出声音，南玄心里变得软软润润的。

球球降生的那一年冬天，特别冷。漫长的冬季里，有四十几天的时间小镇的地面都结着一层薄薄的冻霜，像南玄小心翼翼却仍然危机四伏的处境一样。

爸爸和妈妈离婚后，带着她来到夏栖，和唐姨再婚。唐姨把对她的嫌恶明白赤裸地摊在每一天，反复晾晒。那时就开始战战兢兢生活的南玄，内心里也曾自私祈祷唐姨和爸爸不要再生一个弟弟或者妹妹出来，否则自己可能会更快被他们放弃。

开始的几年，唐姨的肚子真的毫无动静，但是，球球终于来了。

一个活泼的、健康的、肉乎乎的小生命，一个让爸爸笑得得意忘形的男孩儿。

"小南！去洗那一堆尿布！"

"小南！去泡奶！"

"你怎么这么笨！奶这么烫能喝吗？你想烫死我儿子吗？"

躺在床上的唐姨暴怒地跳起来，把奶瓶狠狠砸在她的头上，白色的奶液热乎乎地流下来，满脸满头都是……

那一年，南玄才十二岁，她连呜咽都不敢大声，缩在黑暗里，她抱紧自己的手指那么无力，她绝望地想，自己可能永远也熬不到长大的那一天了。

但是，像是上天的垂怜般出现了奇迹，那一团软软的曾给她带来无数恐慌的小肉球，渐渐长大了。他睁开眼睛，哇哇地哭，脾气很大，哭起来谁也哄不好。

有一天晚上，当她战战兢兢路过一旁时，正哭闹得父母恨不得烧香拜佛求饶的小胖子突然咧嘴笑了起来，伸着小手咿咿叫着要她抱。

她和球球的缘分，不是从他们拥有同一个父亲同一种血脉开始的，而是从球球向她伸出小手的那一刻开始。

球球自此开始对她着了魔般依赖和喜爱，成为南玄在这个家里被庇护被需要的最稳定理由。

"呜！"

南玄一回头，吓了一大跳，球球不知道怎么回事，从床上滚了下来，他咧嘴就要哭，却又非常可爱地用双手捂住了自己的小嘴，可怜巴巴地抬头看着她。

南玄赶快把他抱起来，仔细检查，发现手臂上有一点点刮红。

"疼吗？"

"疼……"

"球球真勇敢，姐姐去拿点药给你擦上。"

从药箱里拿出药膏，南玄熟练地给球球抹好。突然想起什么，她问小肉球："球球，为什么在姐姐这里摔了就不哭，在爸爸妈妈那里摔了就哭得那么厉害？"

其实她心里都揪紧了，如果刚才球球依着平时的性子大哭起来，今天晚上她肯定逃不过要被唐姨甩巴掌。

只见球球扁了扁嘴："上次哭，姐姐挨打了。"

他说的是上次南玄带他的时间他摔倒了，唐姨打了她的事。原来这么小的孩子，就有这么清楚的记忆和分析。

南玄把球球搂在怀里，温柔疼爱地微笑着亲他的脸蛋。

"姐姐先给你讲故事吧，讲恐龙王大战变形兽吗？"

"不要，要听恐龙王大战小公主。"

"那好吧……"

给球球讲完故事洗完澡，又把他哄睡，已经是晚上九点。

南玄把球球抱回唐姨的房间，走到虚掩的房间门口，听到唐姨的声音："小南怎么还没把球球抱来？"

南玄轻轻推门，睡熟的小胖球在她怀里甜美地拱了一下。

正坐在床边给唐姨捏腿的爸爸瞬间蹦起来，动作矫捷一点也不像平时唯唯诺诺的窝囊样子，他张开双臂欣喜地接过儿子，疼爱地搂在怀里，生怕惊醒了小胖球，小心地把小胖球抱到床边。

唐姨也立刻满眼满心都被小胖球吸引，两人凑在一起看着孩子的睡颜。

南玄默不作声悄悄退出了他们的房间。

把台灯拧亮一点，终于可以安心开始复习，然而脑海里却闪过刚才那一家三口温情满满的画面。

记忆里，好像也有过这样的画面，像梦一般重叠着。

美丽温柔的妈妈，善良有力的爸爸，他们一起伸出双手搂抱着她，她笑得那么安心又开心。

"小南爱妈妈！小南爱爸爸！"是她童稚的软音。

南玄猛地甩了一下头，用钢笔帽用力戳了一下自己的手背，突如其来的疼痛感让温情的回忆瞬间粉碎。

不要再回忆那些了，你就连回忆的资格也不再有了。她这样提醒自己。

来到夏栖镇的第一年，她就是这样天真不懂事地反复被那些美好的温情的回忆诱惑着、困扰着，她夜夜哭闹着要妈妈，要回家，要离开这里。

那个陌生的女人唐姨越是讨厌她，她哭闹得越厉害，她不依不饶地揪着爸爸的衣袖，对他说小南要妈妈。

但是，当那一夜，她哭着醒过来，突然看到爸爸跪在她的床边，发疯般地抽打自己的脸，她吓坏了。

看到她醒来，爸爸哀求她："小南，你到你妈妈那里去生活好不好？爸给你路费，爸找不到工作，没有用，只能靠唐姨养活，你去找你妈吧……"

她全身发抖，害怕极了，茫然地哭："爸爸，妈妈在哪里？"

爸爸揪自己的头发："我不知道，她早就不接电话了……随便哪里，你去找她，爸给你路费你去找她吧……"

那夜以后，她终于清楚地知道，自己已经没有家了。

没有妈妈，也没有爸爸，在这个世界上，没有人想要再保护她。

而她要活下去，她要平安地活下去，有个暂时遮风挡雨的地方，能让她熬到长大。

爸爸不想保护她了，妈妈彻底失去了联系，凶神恶煞的唐姨，竟然成为她唯一能抓住的稻草。

想要不被爸爸送走，不被唐姨找到理由赶出去，她必须尽可能地将自己缩小成一粒尘埃，不带来任何麻烦，做一切能做的讨好之事。

只有她很乖很乖，乖到让唐姨找不到一点点借口，她才能继续寄居在这里，和其他同龄人一样上学，平安长大，也许有一天，会拥有飞出夏栖和保护自己的能力……

凌晨一点，南玄熄灭了台灯。

她轻轻爬上自己的小床，想了想，又坐起来，拉开一角窗帘。

今夜的夏栖镇，满月高悬天宇，已经是十月初的天气，却还有几只流萤在翩翩起舞，做着徒劳的告别。

南玄静静地看了一会儿月色，然后躺下。

不知道为什么，在睡着前的一刻，她的脑海里，突然浮现出黄昏时的那一幕来。

黑衣少年的动作，快如鬼魅，在所有人都没有来得及反应过来的时候，一切已经发生。

像电视里那些华丽至极的瞬间，一切都变成了缓慢的回播。

而在飞溅起的星星点点的血花里，在他衣袂带起的风声和无数幻象里，她竟然还清楚地看到了他的脸。

比和他同桌一个月的任何一天，都看得更清楚。

比小镇上任何一个少年少女都更加白皙的皮肤，衬出墨线一样浓重的瞳孔和淡红的唇色，少年柔软的闪着光泽的黑色发丝，在光洁的额头和高挺的鼻梁上方飘动。嘴角扬起的一丝笑意，毫不掩饰地透出讥讽、嘲弄、挑衅、不耐……以及狠绝。

其实方柯刚来班上的第一天她就觉得，即使是放在电视里和明星相比，他也是毫不逊色的绝美少年。

然而她却不知道，动起来的时候，那么多的情绪张扬地毫无顾忌地铺在他的面上，散发在他的周身，竟会是这样艳丽得让人恐惧不安。

在那一刻，南玄的身体里，像刮过了突如其来的飓风，因为恐惧，她的每一个细胞仿佛都在颤抖。

但她拼命地咬住了嘴唇，僵硬着身体，怕被人看出来。

方柯的世界，是她不懂的世界。他和她不一样，和她在过去的时间里认识的每一个人，似乎都不一样。

他会将她眼里如同铜墙铁壁般的规则视为粉末。

张佳伟他们诬陷他时，他该生气的，却并没有生气；而在她出声阻止事情扩大时，他该离开的，却出手打人。

即使是张佳伟这样的坏学生，也是给她留出一些空间的，毕竟谁也不想招惹老师传唤家长。

可是，方柯不一样，和之前她所熟悉的那些坏学生不一样。

他似乎随心所欲到令人发指。

而且，为什么她会有一种荒唐的感觉，他突然爆发的怒意，似乎和她的出声有关？

也许是他看向她时，那种明明带着笑却充满讥诮不含一点温度的眼神给了她这种错觉吧……

其实那一刻，她就深深地后悔了，她应该一直躲在柜台后面假装没有看见那一幕的。

她为什么要出声呢？她平时明明不是这样爱管闲事的人啊！虽然她是班长，但她也是出了名的老好人谁也不愿得罪不是吗……

她今天这是吃错了什么药呢。

难道是方柯之前和她同桌一个月所表现出来的那种近乎自闭的状态让她放松了警惕，以为他竟然会需要保护？

真是错大了。

危险。

极度危险。

南玄有些郁闷地翻了个身，用薄被蒙住头，在心里给方柯那张脸上用力贴上了一个危险标签。

她是需要绝对安全才能平安长大的魏南玄，她必须远离危险。

繁花盛开的夏天

荒诞马戏团

— *Chapter4* —
summer

他和方潜，
一个是演出时的闪亮主角，
一个是不肯上场的逃兵。

这是镇子里最好的一家酒楼，亦是酒楼里最豪华的一间包厢。

夏栖镇虽然不是贫困镇，但也并没有特别发达的经济支撑，镇领导们在光速发展的世界变化中都有些坐立不安和压力山大。

因此，几个月前，当十六岁就外出闯荡、四十四岁晋升亿万富豪衣锦还乡的夏栖镇人方宝剑出现时，是值得他们振奋和激动一把的。

此刻，在座的除了镇长和两位副镇长，以及他们已经熟悉的方宝剑，还有夏栖中学的校长，这个组合显然有些奇怪。

方宝剑是为了小儿子方柯惹出的事故而赶来，大家都对此心知肚明。

"夏栖水库是个风水宝地啊，风水大师都说这是灵力汇聚之地。周围群山植被丰富，是天然氧吧。在这里建成超级度假村，整个镇子的经济都会带动起来。"眯着眼睛和镇长碰了个杯，已经秃了半壁江山的方宝剑仿佛沉浸在了自己幻想的画面里，每一句话的尾音都拖得袅袅。

这个话题已经在前几次见面时探讨过多次，然而每一次重提，镇长都会热血沸腾。

"方总不愧是我夏栖镇人，有远见，有谋略！"一位副镇长翘指点赞。

"地的问题，您完全不用担心……"另一位副镇长接话。

"这个投资可不小啊，风险也不小……"话锋一转，方宝剑缓缓摇了一下头，在座几位领导顿时心里一紧。

只见他喃喃道："要想富，先修路。夏栖是个小镇子，水库那边要开发成超级度假村，就得把吃喝玩乐一条产业全部包括进来，首先就是要拉通一条高速公路，必要的话可以建个机场。这个投资不小，我们做就要一次成功！一定成功！"

仿佛下定决心般，将手中的白酒一饮而尽，方宝剑用力握了一下拳。

成功企业家的气势感染了所有人，大家恨不得鼓起掌来。

方宝剑却把目光转向一直被忽略的校长，仿佛大梦初醒般，站起身来一把握住了他的手："啊呀，王校长！真不好意思，来来来，满上满上，咱们干一杯！"

王校长是一位五十来岁的男人，教师出身，席间的话题他虽然似懂非懂，但其中的关系却心中通透。

夏栖中学今年七月暑假时突然被捐赠了一整栋三层高新教学楼，内配豪华图书馆和电脑室，捐赠人就是眼前的这位方总。

也是下午闯祸的学生方柯的父亲。

一切都是意料之中，所以当电话打来时他甚至都不觉得意外。

到底要顽劣到什么地步，才会让这个在大城市里扎下了根的成功企业家把宝贝儿子送到他们这所名不见经传的小镇学校来上高中？

有钱人的思维他不懂，但方柯一定是一颗定时炸弹。

只是，拆这颗炸弹很贵……

"方总客气了……一直想当面感谢您为学校做的贡献，您捐赠的新教学楼即将封顶，届时请您一定来参加剪彩仪式。"王校长不太熟练地和方宝剑碰杯。

"剪彩就算了，我做好事不图回报，只为家乡教育更好。"方宝剑摆摆手，"倒是犬子给王校长添麻烦了，我心里惭愧不已。"

终于来了！王校长心里一喜。

"哪里哪里，向各位领导和方总汇报一下，今天下午的事我已经沟通处理好了。几位学生的家长都同意和解，刚才已经将学生们送到镇医院做完了全身检查，他们也没有受内伤，有惊无险……哈哈，有惊无险。"

这几句话一出，在座的人明显都松了一口气，镇长甚至把背朝后靠了靠，摊开了手，调整了更舒适的坐姿。

方宝剑也露出了满意的笑容："太感谢王校长的及时沟通了，也感谢那几位家长的宽宏大量。"

看到大家都很满意，王校长也很高兴，说话就忘形了些："那个叫张佳伟的学生，他爸爸是个烂赌鬼，一听说儿子打架还有钱赔，笑得嘴都合不上了……"

副镇长之一咳了几声。

王校长反应迟钝地继续："方柯同学是不是练过武术？医生说从没见过被打得一身是血检查下来却没有伤筋动骨的，今天这事要是有人受了重伤，可不好处理，不好处理。"

方宝剑像是没听见般热情地招呼："来来来，再喝一杯……"

圆月高悬。

夏栖镇的月亮，就是比城市里的更亮更大。

随行的司机拉开了车门，方宝剑从豪华轿车里钻出来，抬头看了看月亮。

但他的脑海里，回荡的却是刚才出门时镇长和他说的话："方总，现在网络和媒体都这么发达，这次没有酿成大祸，真是万幸，但如果总是出现这样的事啊，难保不会被有心人利用……那可就不是你我能控制的了。"

他当然知道镇长的话是什么暗示。

他在心里骂了一万次娘，脸上还是笑得胸有成竹。

再次抬头看着在繁星夜幕下安静而立的白色小楼，方宝剑狠狠扯了一下挂在脖子上让他感觉很不舒适的领带，然后怒气冲冲地上楼。

一进客厅，一眼就看到了那个小子，悠然地跷着二郎腿坐在宽大的沙发上，手里拿着遥控器，巨大的液晶电视上正在放着一部好莱坞大片。

这是方宝剑给年迈的父母在夏栖镇修建的别墅，内部的一切都用上他认为最好的，这也是方柯现在居住的地方。

看到方宝剑冲进来，坐在儿子身边的葛丽珍赶快站起来，身后的司机也很知趣地带上大门退了出去。

只有那个小子，仿佛瞎了聋了一样，甚至头都没有朝他摆一下。

方宝剑甩掉身上烦人的西装，酒后的双目变得像野兽一样赤红，刚才在酒桌上谈笑风生泰然自若的成功企业家形象已经完全不见，取而代之的是失控的粗重呼吸声。

像以前的无数次一样，葛丽珍完全不知道该如何面对接下来的一幕，丈夫和儿子，都是她的天她的命，她立刻捂住脸开始无声痛哭。

方柯在妈妈的哭声里终于有了反应，他安静地按了关机键，电视屏幕瞬间变黑，激烈的枪声、怪兽的咆哮、嘈杂的音乐都消失不见。

方宝剑的粗重呼吸声更为清晰。

方柯抬起眼睛，静静地看着逼近的父亲。

方宝剑站定，居高临下地看着他的儿子。

他已经记不清上一次这样的父子对视是什么时候。

然而他清楚地知道，他们现在有多么讨厌看到彼此的脸。

"垃圾！"

盯着儿子那张比女孩儿更漂亮的脸良久，方宝剑从牙缝里用力地迸出这两个字。

方柯微微一笑，他甚至赞同地点了点头。他仍然穿着下午打架时的那件黑色衬衫，黑色是很好的颜色，可以让鲜血以及更多的肮脏隐于其间随时消失不见。

"可是……"方柯好心地提醒，"也是你制造出来的垃圾。"

方宝剑的手立刻颤抖起来，他极力控制着自己，和方柯斗争的漫长时日里，越来越冷血无情强健残酷的少年，像一头飞速成熟的兽，一次次地提醒他，生活已然失控。

然而他是碾轧过无数高山大河腥风血雨才走到今天的方宝剑，他不能认输。

"看来你上一次的伤好得太快了。"明知道是无川的威胁，他还是说了。

"不要再做那种事。"

仿佛只是善意规劝，少年的轻声慢语让方宝剑更加全身发冷，一种难言的恐惧感遍布全身，他需要很用力才能压下自己杀人的冲动。

"这一个月，我想了很多，我发现我其实是一个很有创意的垃圾。"方柯像在分享般侃侃而谈，语速轻缓，"哦，如果你继续像上次那样对我，我可能会做出很多让你更加喜欢我的事来，想想看有什么？抢劫？放火……我想，大概你不太喜欢看到报纸上出现省人大代表方宝剑的儿子多么有创意这样的新闻？"

方宝剑用尽全身力气一个耳光甩过去，方柯应声而倒向沙发的一侧，却没有发出任何声音。葛丽珍受到儿子的那些话的惊吓，哭得更加厉害了。

方宝剑怒气冲冲地冲回自己的房间，没几秒又冲了回来。

他对依然一动不动伏着的方柯阴沉地一字一句地说："不要以为老子没有办法治你，老子不能杀人，但有一千种方法，可以把你无声无息地关进精神病院，进去了这一辈子都不要想出来，彻底烂在里面。记住，这是你最后一次机会，垃圾！"

夜，终于像它应该有的样子，慢慢变得寂静。

方柯回到自己的房间时已是凌晨，他的房间在三楼，路过爷爷奶奶二楼的房间时，他特意侧耳听了一下，两位老人年事已高，耳朵很聋，看来刚才的动静没有吵醒他们。

一只手锁上房门，一只手已经灵活地脱掉了上衣。

轻微摩擦也加重了火辣辣的痛感，但他连眉毛也没有动一下，一扬手那件沾上了血迹的外衣已经飞到了门边的地板上。

他径直走进浴室，打开淋浴器开始洗澡。

冰凉的水打在裸露的皮肉上，持续的冲刷带来冷静感，方柯的脑子里一片空白，什么也懒得去想。

只有在洗完后擦拭水珠时，目光不经意瞄到浴室里的镜子，看到右脸颊肿起老高的一排指印和脊背上那几条长长的暗色的丑陋的陈旧疤痕时，目光微微闪了闪。

方柯躺在干净的床上，随手抓起手机，不出意外地看到那个号码的未接来电。

他回拨过去。

电话那头，是方潜永远温柔的优雅的充满担忧的声音，就像儿时的每一次，他总是轻轻抚摸着方柯的头，把他搂在怀里。

"小木，你怎么样了？"

柯字拆开，木可成材。小木，是方潜五岁那年，替刚刚出生的弟弟取的乳名。

只是那时，方潜一定没想到，方柯会成为众人眼中的废材。

方柯无声地笑了笑。

他飞快地说："我没事，他没打我。"

他听到方潜明显松下一口气来。

方柯简单说了一下今天的事。

"小木，我知道你想长大，想去过自由的生活，但是现在如果再激怒他，你只会受到更重的伤。他说要把你关进精神病院，以他的性格，并不是吓唬你。小木，哥哥还有两年才能毕业，毕业了才能保护你，你再忍一忍好吗？"

方柯静静地抓着手机，双目似乎失去焦点般看着天花板，直到听到方潜喂喂的催促声。

"你真的能保护我吗，方潜？"他轻声问他的哥哥，"每个人都觉得，你的人生完美无缺，我的人生满是污点。你是舞台上闪亮的主角，而我是一个不肯上场的逃兵。

"可是，方潜，你我都知道，我并不需要你的保护，你更需要保护的，是你自己。在再一次崩溃到来前，请救救你自己。"

良久，他听到手机那头传来带着微微笑意的温柔的声音。

"小木，晚安。"

繁花盛开的夏天

沉默的眼睛

— *Chapter5* —
summer

谁也不知道，
最近话优秀的魏南玄，
会偷看她的新同桌。

两年后。

盛夏，如倾倒了千万花朵的瀑布般，将各种美丽繁花铺满了人间的山
川河畔。

即使是炙热如火，人们的心，也因了这些色彩而备感温柔美好。

昨晚一夜暴雨过后，放学时又下起了淅沥小雨，潮湿的夏日空气变得
缠绵又动人。

淋漓不尽的银色雨丝随着弱弱的风飘动着，偶尔钻进一把彩色的伞下，
润湿了脸庞，也并不觉得讨厌。

此时，不少没有带伞的学生都聚在了校门口的公车站里，也有些住在
附近的学生顶着书包披着外衣飞奔而去。

　　南玄一向比较谨慎，早上出门的时候就留意了天气预报，因此是少数带了伞的人。

　　今天是球球七岁的生日，她答应了球球要早点回去。而且，她还要送他礼物，给他惊喜。

　　摸了摸书包里那个硬硬的玩具包装盒，她心里有点激动地撑开了那把有点旧的小伞，加快脚步冲进了雨里。

　　身后传来夏雪叫她的声音："南玄，等等我！"

　　南玄回头："夏雪，你现在就回家吗？"

　　夏雪灵活地钻到她的小伞下，两个人亲热地搂在一起往前走。

　　"我姐把东西落在家里了，非要我现在回去拿一下，正好我没带伞，就看到你了。"

　　"今天超市忙吗？"

　　"还好，今天你弟生日吧？看我姐中午把玩具给你了。"

　　"嗯！"

　　给球球的礼物是她一个月前就托夏琴姐姐进货时从大城市给她捎来的一盒超人玩具，据说是很好的牌子，用的是对小孩子身体没有毒害的材料，和小镇上贩卖的那些劣质玩具不一样。

　　钱是过年前在夏家姐妹的超市里帮忙，夏琴姐给她的报酬，虽然不多，却刚好可以给球球买下这个生日礼物，她因此对夏琴姐充满感激。

　　这是她成为球球的姐姐以来，第一次有钱给他买礼物。

　　想到那个小肉球会怎样开心地尖叫，她的脸上不禁浮现出一丝她自己都没有察觉的温柔甜美的笑意。

南玄的家距离学校大概有三站路的样子，平时她都是走路上下学。离学校渐渐远了，身边穿校服的身影也渐渐少了起来。

这时，前面站在街边的几个人的身影突然让她脚步一滞。

一直挽着她手臂的夏雪明显感觉到了南玄异常的震动，似乎还带着一点点反常的慌乱。夏雪不禁顺着她的目光看去，街边那个有些耀眼的少年正好转过头来，淡漠无波的目光似乎扫过了她们的脸。

南玄下意识地把伞压低。

夏雪却已经小声尖叫起来："是方柯！"

她的语气里，充满了少女看到男神时的惊喜热情。

"快走吧。"南玄低声说。

却挡不住夏雪不断地缩起脖子弯下腰从伞下试图偷瞄的兴奋劲。

"他真的好帅啊……"

南玄默然。

其实，不光是夏雪，这两年，方柯已经迅速从一个游离于世界之外的幽魂般的存在，变成了这个校园里众多少女公开花痴的对象。

他成为一个奇异的存在。

他在某些科目考试时会直接睡觉交白卷，有些科目又能轻易考到年级榜单前十名。

他从不参加任何学校活动，但在一次邻镇中学校篮球队来进行晋级赛时，他不声不响地加入把局势来了个乾坤大逆转，直接把本校校队送进了下季的市赛。

他依然沉默少言、桀骜难驯、行事莫测，却也未再发生过那年那样的打架事件。

他成为全校女生讨论最多的男生，也成为全校男生的眼中钉。

其实，尽管已经过去了两年，但南玄心里依然觉得，方柯的这些变化来得太急太快。

方柯依然是她的同桌，也依然和她泾渭分明，不交一言。

看似一样的相处，南玄却觉得有些不一样了。

比起现在的方柯，她其实更熟悉刚开学时那一个月的他。那时没有人敢走近他，所有人在老师的暗示下，都当他是空气，而他伏在离她可能不足一尺的距离里整日沉睡着，像一个背着厚厚盔甲的动物，也像一幅死去的名画。

她是被老师指定坐在离他最近的地方的人，这种指定是她最安心的保护伞。

谁也不知道，最听话优秀的魏南玄，会偷看她的新同桌。

他的头发总是很干净，带着青草的微微香气，不像其他男生那么乱糟糟。那些黑色的发丝会随着他平稳的呼吸，像微风下洒满碎金般光影的小湖水面，浅浅起伏荡漾。

他的睫毛很长，像夏雪家的洋娃娃一样长，闭着眼睛的时候，睫毛会在眼皮下形成好看的阴影，轻轻颤动一下，就像清晨山谷里蝴蝶扑动了一下翅膀。

虽然总是皱着眉头，好像在梦里也很不开心的样子，但他始终是安静的，安静得仿佛置身于这个世界之外。

让人隐隐生出一些莫名的难过来。

那样的他，日复一日，仿佛没有任何事情，可以惊扰。

而看着他的她，也日复一日，仿佛成为一种安心的习惯。

大概，就是因为这种从未言说的小小心情，她才会在超市打架那一天，一反常态地出声阻止张佳伟那些人欺负他吧？

可是……

超市事件以后，他仿佛苏醒了一般，开始肆无忌惮地活跃于校园的每个角落，引起无数的关注。

活过来了的方柯，像流动着暗影的绝世风光，让每个人都无法忽视。

而她却对他生出了莫名的不安和抵触感，下意识地总想要躲开。

他是危险的。她在心里反复重复着这句话，提醒自己。

但到底哪里危险，她也不敢深思。

"南玄，你把伞打得那么低干吗呀？"

夏雪终于感觉到自己快要被伞压着蹲身走路的别扭，不悦地站直了身体，把南玄手里的伞往上一抬。

南玄吓了一跳，尴尬得一下子红了脸，抬头间正好直直撞上方柯的目光。

现在是暑假，虽然还是要天天上课，但一些平时的纪律要求还是松了些。

可方柯不知道怎么想的，平时周一要求穿校服的日子他一次也没有穿过，今天却莫名其妙地穿了校服。

夏栖中学的夏季校服是白色的 T 恤，宽宽大大的，穿在别人身上多少有些雌雄难辨的味道，但穿在方柯的身上，却依然有着一种让人心跳猛地漏掉半拍的惊艳感。

也许是因为，认识这么久，没未见他穿过白色……

即使隔着远远的距离和朦胧的雨雾，南玄依然能清楚地看到方柯的面孔。他的头发似乎是被雨淋湿了，一丝丝地粘在了他的额前，但并不感觉狼狈，反而让他白皙皮肤上的五官显得更加俊美突出。

而在看到她的时候，他漂亮眼睛里的那些冰冷恶意和赤裸讥诮似乎更加明显，肆无忌惮，仿佛这个世界上，没有什么可让他躲闪，也没有什么可让他害怕。

她又产生了那种错觉，他对她，似乎是不够善意的。

不，也许他是对这个世界充满了反感和不善吧……

南玄再次埋低了头，匆匆拉着还在喋喋不休的夏雪快步离开。

被男生们评为"校花"的顾念乔站在方柯的身边，仰着头对他说着什么，任谁都看得出她俏丽活泼的面孔上生动的迷恋。

她第一次这样公开地追求一个男生，追得真的好辛苦。

但，只要方柯没有推开她，她就觉得值得和幸福。

此时，和他们站在一起的，居然还有曾和方柯势同水火的张佳伟，以及张佳伟曾经的跟班杜明和江小淮。

他们现在，都是方柯的跟班。

看到阿乔对方柯的亲密，喜欢她喜欢到全班无人不知的张佳伟却也只是默默地低下了头，毫无动静。而杜明和江小淮甚至对方柯的笑容里充满了浓浓的谄媚和顺从。

若在两年前，这真是令人难以理解的景象。

"方柯，那个，明天数学考试的答案……"个子比阿乔还要矮一点的江小淮小心地提醒方柯。

"没出息。"阿乔白了他们一眼，语声清脆，顺手掏出一张纸，"方柯早把给你们的答案都写在这儿啦，回去记得背熟哦。"

江小淮喜出望外，一把接过展开："咦……怎么只有这么几题……"

方柯淡淡地道："平时数学只能考十几分的几个人，突然考得太好，你觉得会不会得到表扬？"

江小淮立刻出了一身冷汗，摸摸自己的脑袋。

杜明已经咧开嘴摸出自己的笔和本子凑了过去，张佳伟犹豫了几秒，也凑了过去。

阿乔恨铁不成钢地教训："你们几个也该读点书了，看看方柯，每次考试前替你们猜题都这么准，马上要高考了，你们几个是要怎样……"

她没说完，方柯已经自顾自走远了。

在雨中走了一阵，离爷爷奶奶的住处越来越近，方柯渐渐放慢了脚步，突然听到身后有人接近。

张佳伟鬼魅般闪到了他的面前。

方柯站定看着他。

原来习惯了当老大的张佳伟似乎不知道怎么开口求人，眼睛一直低垂着四处飘移，好半天，才涨红了脸吭哧出一句："能不能……借我……下个月的午餐费……"

下一秒，张佳伟的面前，已多出了几张被细雨微微润湿的红色纸币。

张佳伟有些难堪，但还是下意识地一把接过。

方柯拍了拍他的肩，什么也没说，继续往前走。

张佳伟捏紧手上的几张纸币，他没有再回头去看那个桀骜自大得令人生厌的身影。

他怕脸上紧绷而扭曲的表情泄露他心里的秘密。

他用力地深深呼吸，感受到胸腔传来闷痛和翻涌欲呕的情绪。

一时间，阿乔冲着方柯笑得那么灿烂的脸，方柯一瞬间灌满他鼻端的血腥气，老师每次催他交钱时同情又鄙夷的眼神，同学们因他风光不再朝着他窃笑不止的表情……

像无数记重拳，打得他天旋地转，几乎无法站立。

不知道为什么，他恨老爸，也恨那些看不起他的同学，但最恨的却是方柯。

只是因为投胎的技术问题，方柯便拥有了轻易可以碾轧他全部人生的资本，而更令他愤怒的是，方柯碾轧得那么毫不在意。

他拼了命也许都无法得到的阿乔，他放下全部自尊也无法得到的钱，在方柯的眼里，就像不值得尊重的空气，得到或者失去，他甚至都不会多一点点难过或欢喜。

但他必须要忍，至少现在要忍。

他安慰自己：在现阶段，问方柯要钱，至少比问他的混账老爸要钱，来得容易。

繁花盛开的夏天

桃花与故乡

— *Chapter6* —
summer

已习惯半世惊苦，
怎敢要命运多点温柔。

属于夜的灯，一盏盏点亮，但并不是每一盏，都代表着光明与温柔。

"爱姐姐！亲姐姐！最爱姐姐！"

小胖球今天穿着一身新衣裳，头上戴着的生日帽闪闪发光，小小的人儿自从知道了生日的概念，就开始盼星星盼月亮地盼着这一天。

可以随便吃甜甜的蛋糕！可以喝好多好多饮料！过完这个生日，他就是一年级的小学生啦！最重要的是，他最爱的姐姐答应送他礼物！

现在，他抱着姐姐送的礼物，开心得简直要飞起来了！

南玄的心里暖暖的，精心挑选准备的礼物得到了小胖球的最高级别认可，她觉得之前挤出时间在超市打工的辛苦都值得了。

开心之下，她却忽视了唐姨由晴转阴的脸色。

更没有注意到，唐姨给儿子准备的一大堆吃的玩的用的生日礼物，都被小胖球毫不领情地扔在了一边。

切蛋糕的时候，小胖球开始一本正经地许愿："魏长情……要和魏南玄永远在一起！"

还带着一股子稚气的声音，居然把自己的大名和姐姐的大名都念清楚了……南玄看着球球努力的小脸蛋，扑哧一下笑出声来。

也许是球球太美好，让她暂时忘记了自己的处境，这一刻，她从心底像一个真正的姐姐那样，为这个可爱的孩子又长大了一岁而高兴。

长情，长情……爸爸给球球取了个好名字，然而从球球现在就已经深受同龄的小姑娘们喜爱的程度判断，长大以后要他"长情"还挺考验他的定力的。

"球球这么喜欢姐姐，爸爸都要吃醋喽！"爸爸看到一双儿女感情这么好，也忍不住笑着插话。

"小孩子懂什么许愿！"唐姨冷冰冰的声音打断了姐弟俩的嬉笑声，"吃蛋糕吧！"

在厨房收拾完所有卫生后，南玄把手洗净，准备穿过客厅回到她的小小独立空间。

今天陪球球过生日，已经晚了些，明天还有数学考试，得抓紧时间再做点题。

她没有开灯，借着一点小夜灯的微光，边走边想，冷不丁从沙发那里传来唐姨的声音："魏南玄，你过来！"

南玄吓了一跳，才发现早已进屋陪球球睡觉的唐姨不知何时竟然从里屋又走了出来。

一种不祥的感觉蓦然升起，南玄的后背，像是有着无形的小蛇，冷津津地爬动着。

她顺从地低下头走了过去。

"唐姨……"

"你给球球买那盒玩具的钱，是不是从我钱包里拿的？"冰冷的问题比冰冷的语气，更加锋利。

南玄全身一震，不敢相信自己的耳朵。

"唐姨……我……"

虽然寄人篱下多年，但她从未没有受过这样的侮辱指责。

"笛花，是不是你记错了……小南她不会……"不知什么时候站在唐姨身后的爸爸弱弱地开口。

"你闭嘴！上周我钱包里少了三百块钱我就应该搜她的书包，我这人就是心太软，还以为是自己粗心掉在哪儿了，没想到家里有贼！这个玩具我在电视上看到过广告，肯定不便宜，她哪里来的钱买？难道是你平时偷偷塞钱给她？"

爸爸连连摆手："我没有给她钱，没有给过……"

"唐姨……"带着哭腔，南玄哀求，"钱是我自己赚的，我过年前在镇上夏琴姐开的超市打零工赚的，夏琴姐可以作证……"

唐姨冷笑一声："夏琴给你的钱？那你现在就打电话给她，要她说给我听！"

"可现在已经快十一点了，人家都睡下了……"

"我就知道你不敢！想拖到明天，先和夏琴串通好骗我是吧？我这家里不能留你了，你滚去找你亲妈去！手脚不干净的东西，我养不起！"

南玄拼命地摇头，眼泪像开了闸的洪水一样，在脸上奔腾着，止也止不住。

她求救般地看向爸爸，爸爸却逃避着女儿的目光，低下了头。

也许是不想吵醒已经熟睡的儿子，唐姨的声音并不大，但说出来的句子，却字字锥心。

"老魏，我跟你说，明天你就把她给我送走！要她找她亲妈去！"

扑通一声，南玄在黑暗中跪了下来："唐姨，只要让我读完高中就好，上大学的所有钱我都会自己去赚的……求求你……"

爸爸终于忍不住，冲过来欲扶起女儿："小南……"他又回头朝愤怒的女人哀求道，"笛花，我今天去镇上方家应聘了。方家老人得了糖尿病，需要有护理经验的人照顾，工资开得挺不错的，我觉得我有戏……你看，我很快就能赚钱了……"

却不知他对女儿的一点点怜惜更加激怒了他的妻子。

唐笛花面色如铁，恶狠狠地盯着这个男人已经有些过早伛偻的背和在隐隐一抹月光下依然能辨出的有些花白的头发。

这个男人，她爱了好多好多年。从她还是一个无知的村中少女开始，她就一眼相中温柔清秀读书用功的他。

他明明接受了热情似火的她，可是后来考去大城市读书，又飞快地抛弃了她。

她就那么固执，不肯嫁人在村里等着他回来，等成了一个老姑娘，等成了全村人的笑柄，等到绝望。

可是，为什么在她终于死心的时候，他又如同一条丧家犬一样带着和别的女人生的女儿回头找到她？

　　她恨他，更恨自己，即使这样，依然还爱着他，舍不得推开他！

　　他们的故事，是她勇敢地开了头，然而，她却用尽所有力气，都猜不着结局。

　　她一字一句地开口，呼出来的气息，像是无情的熔岩上冒出来的灼热白气，充满一触即发的愤怒与压抑。

　　"心疼女儿是吧？觉得我是恶毒后妈是吧？你以为你能应聘上方家的好工作，就能自己养活自己和那个女人的女儿？"

　　南玄的身体一下子如寒秋里的落叶般抖动起来，手脚变得冰凉。她知道自己接下来将听到她最不想听到的话语，但是，她却无法逃避。

　　果然爸爸的声音也微微变了调："笛花，你老说这些做什么呢……"

　　"为什么不说？你怕听，我偏要说！你当年扔下我，在大学里勾搭上的那个知书达理的好女人呢？还不是你一出事就踹了你，消失得无影无踪……呵呵，那可真是个好女人啊！你别忘了，这些年是我这个没有文化的乡下女人养活了你还有你的女儿！魏锋，这辈子你要是再想找到高枝就扔下我，我就抱着儿子和你同归于尽！"

　　"我哪有什么高枝可找……"男人喃喃地垂下头，"你知道的，所有人都知道我以前出过事故，镇上的医院都不要我……这些年苦了你了，笛花，要是我这次能应聘上方家的工作，以后你就不用那么累了。"

　　男人一味温柔求和的话语安抚了女人躁动的情绪，她冷哼道："你知道就好。"复又不甘心地吓唬，"你也知道你没人要，你可不是当年风风光光的魏医生了……要是方家这次也不要你，你就带着你手脚不干净的宝贝女儿滚！"

　　也许是为了虚张声势，她用力一挥手，那双常年劳作的有力手臂却声势惊人地击中了身边的柜子。

"爸!"南玄突然惊叫一声,直起身护住了爸爸。

不知从身边哪个柜子上掉落下来的一个瓷碗,正好砸在了她的额角上,有热乎乎的东西,一下子糊住了她的眼睛。

世界突然安静了⋯⋯

繁花盛开的夏天

暗礁上的兽

— Chapter7 —
summer

她终于知道喜欢一个人的滋味，
患得患失，甜蜜疯狂，但是太美妙了。

第二天的上午，第一节课。

头发花白的数学老师童老师抱着一沓散发着清新油墨香气的试卷大踏步走上讲台。

"你们都给我坐端正了，眼睛不要东看西看，手机全部交到讲台上来！"

童老师虽然已接近退休年龄，但声音洪亮不输年轻人，两道长眉不怒自威，酷爱组织考试，且把每一次考试都称作摸底考试，美其名曰要时刻摸摸学生们的底，因此学生们平时都偷偷叫他"童老摸"。

"这次摸底比上次分数没有提升十分以上的人，我就要请你们的家长过来和我喝喝茶了！"

顾念乔在下面偷偷地吐了吐舌头。

这次有方柯提前猜的题目护航，她那几个兄弟应该都能逃过一劫吧。

尤其是张佳伟，虽然他那赌鬼老爸从来不管他死活，但如果接到老师的告状电话，却又会像一条疯狗一样打骂他。

这种倒霉的事，当然还是能避则避的好。

幸好有方柯。

从见到方柯第一眼起，已经过去两年了。

然而，阿乔觉得，这么长的时间里，她并没有能够多了解他和走近他一点。

虽然已经和他成为看似最亲近的朋友，也常在其左右，但方柯其实对任何人，都是淡淡的、疏离的，甚至是无情的。

无论和他说什么，或者用怎样的表情，他要么不回复，要么语气总是冷冷的，带着一点不尊重人的轻视，好像任何事情在他心里，都不是什么了不得的事，甚至不耐烦多提一句。

但她就是为他这种拽拽的样子感到心跳。

他打架的样子，他轻狂的样子，他说话的样子，他写字的样子，他不理她的样子……

顾念乔，她长到十七岁，从来都是被人疼爱喜欢的小镇公主，像张佳伟那样的男生们，都小心翼翼地把她捧在手心。

只有这一次，她为一个并不那么在乎她的人深深沦陷。

她终于知道喜欢一个人的滋味，患得患失，甜蜜疯狂，但是太美妙了。

她不禁又扭头看向方柯的方向。

方柯的座位在她的右后方，中间隔着两组同学，距离有点远。

她脸上甜甜的笑容突然凝固了。

　　心里像突然裂开了一个大洞，黑黑的深深的，有一团充满酸涩感的气息像小小旋风一样盘旋着往上冲。

　　方柯右手撑着自己的头，脸随意地侧向他的左边。从阿乔的方向看去，她只看得到他脑后的发丝和他连帽衫上的帽子。

　　方柯的左边，是他的同桌魏南玄。

　　那个说话总是轻声细气，被男生们戏称为史上最温柔班长的魏南玄。

　　方柯确实在看魏南玄。

　　他是那种不太在意别人目光的人，想做什么就直接做了。所以他看着魏南玄的侧脸的时候，表情是一如既往的我行我素。

　　他看着她每天都认真绑着的马尾今天反常地披散了下来，刚刚过肩的发丝柔柔地落在她有些纤弱感的肩头。像是察觉到他毫不掩饰的目光，原本正在耐心等待前面同学将卷子传下来的她，忽然下意识地扭过头，和他的目光撞个正着。

　　那一瞬间，她原本宁静的温柔的表情像是三月里映着春水的桃花林，遭遇到无法提防骤起的怪风，不知该作何反应，只零乱地将花瓣散落了漫天漫地。

　　南玄极力掩饰却又完全不知所措的表情，都落在方柯的眼里。

　　因为僵硬而有点笨拙，她匆匆低下头，随手顺了一下耳边的发丝，似乎还不太习惯这样的发型改变。

　　随着她的动作，她小小的晶莹的耳垂和右额角似乎还能嗅到微微血腥气的几道新鲜伤口像躲在花丛里的蝴蝶般一闪而过。

方柯静静地转过了脸，伸手接过前方同学递过来的试卷。

他果然没有看错，魏南玄又受了伤。

不知道从什么时候起，他对于伤口、死亡、血的味道、疼痛、药油的气味这些东西，有了一种兽类一般的警觉与敏感。

他极度讨厌他的周围出现这些气息。

然而，魏南玄，她已经不是第一次，在他的近旁，透出了这样的气息，让他有些烦躁不安。

南玄本来就觉得头很眩晕，刚才看到方柯异样的目光后，她感到更晕了。

她努力地睁大眼睛，用力盯着眼前的试卷，提醒自己集中注意力。

这些密密麻麻的习题，是她人生的救命稻草，是她的渡海之舟。

无论有多难，她都要坚持下去。

但是，方柯到底为什么突然用那样的目光看她……

考试已经开始了，没有更多的时间细想，南玄用力咬了咬自己的舌尖，让自己保持清醒，开始飞快地答题。

随着第二节课下课铃响起。

教室里响起一阵拉动桌椅声和人言嗡嗡声，像一大群聒噪的小蜜蜂飞过金色的油菜花田。

"方柯！"阿乔一边肆无忌惮地大喊，一边像只欢快的白兔子一样蹦了过来。

中间有同学正好站起来挡了一下，她就晚了几秒，眼睁睁地看着方柯站了起来，像没有听见她的声音般，径直往外走去。

而他的身后，竟然默默地跟着低垂着头看不清表情的魏南玄。

搞什么啊?

阿乔站在那里,用力咬了一下嘴唇,跳起来追了出去。

等她冲出教室门四顾,那两个人竟然已经不见了,像消失在了空气里一样,迅速而安静。

"谢谢你。"南玄没有想到,方柯竟然是叫她去医务室,要校医给她处理一下额头上的伤口。

其实她在家里已经简单处理过了,昨晚看到她流了那么多血,唐姨也有些着慌,随便骂了几句就放过了她。

本来爸爸偷偷塞给她一点钱让她上午去镇上的诊所看看,但她无论如何不想缺席任何一次考试,所以还是来了学校。

没想到被方柯看了出来。

她一边接受校医的重新检查和涂药,一边偷偷抬眼看了看站在窗边的方柯。

像是他刚来这所学校的那一个月一样,窗口流进来的光像水一样洒在他干净的容颜上,而他沉默的表情像是定格一般,波澜不惊。

他今天穿着黑色的短袖帽衫,露出来的脖颈肌肤异样的白,有着他这个年纪的少年少见的精致,也给人一种近乎乖巧的错觉。

但那确实是天大的错觉。

他听到她的谢声,转过脸来,手依然插在口袋里,像一棵俊美优雅的松树。

这棵松树用毫无温度的语气冲校医说:"我讨厌血的味道,非常恶心……你给她弄干净点。"

　　南玄的笑容一瞬间僵了僵，她听见自己心里滋生的一点点可耻的幻想瞬间像泡泡一样破灭了。

　　原来是这个原因……他漂亮的眼睛里那么明白赤裸的嫌恶感，原来是真实存在的。

　　她一定是发疯了才会对这个人产生胡思乱想吧。

　　当值校医是个好脾气的老头儿，听到方柯的话，笑眯眯地搭腔道："不会不会，过了这么久，血早都干了，没有味道的。我说这位同学，你刚开始撞到肯定流了很多血吧，爸爸妈妈怎么没有马上送你去医院哦？"

　　南玄不知道怎么回答，她只能继续答非所问地低头合掌笑着说谢谢。

繁花盛开的夏天

玫瑰花绳

—— *Chapter8* ——
summer

可是，为什么求他，
心里会有一种闷闷的钝痛？

"什么？"方柯皱起眉头，仿佛不敢相信一样看着她。

南玄的头垂得更低了些，像是怕人听见般，她声音越来越小。

"你爸叫魏锋？"

就那么几个候选人，他稍微在脑袋里闪了一下，就把记忆中那个畏畏缩缩的一脸晦气的中年男人模样提了出来，和眼前的女孩儿做了做对比。

竟然是父女？

"你的意思是，要我考虑雇用你爸照顾我爷爷奶奶？"

明白了她的意思，方柯心里的惊讶感无法控制地在扩大。

"我爸以前做过大医院的内科主治医生，他是明城医科大毕业的，老人有些什么紧急情况他都可以处理……还有，他做菜很好吃……他脾气也很好……"

误会了他沉默的含义，南玄紧张地抬起头来，急急地说道。

求他，有什么难的呢？

就像以前的每一次去求老师推迟交学费的时间，就像去求夏琴姐给她一份零工做，就像去求唐姨不要赶她走……

她已经习惯了，不是吗？

可是，为什么求他，心里会有一种闷闷的钝痛？

从昨天听到爸爸的话开始，她就猜到，是方柯家在请人。

这镇子从南到北，走路也不过半个小时。跑得快的风儿，一瞬间就可以将耳语带到镇上的每个角落。

何况发了迹的方家，在夏栖镇上，并不是默默无闻的人家。

那一对慈眉善目的老爷爷老奶奶，确实也到了需要人照顾的年纪。

"我爸爸……他真的很需要这份工作……"

不知不觉，她心里的话竟然滑出了嘴边，低低的，有些伤心的。

她的眼前，交替浮现出在唐姨面前低声下气不敢抬头的爸爸的脸，和小时候已经越来越模糊的记忆里那个意气风发的爸爸的脸。

如果爸爸再找不到工作，唐姨也许真的会赶走她吧……

她只要再坚持一段时间，只要进入外面的世界，就一定能靠自己的勤奋活下去吧……

她这样，难道不是为了她自己吗？也许，她真的是个自私的人吧。

"求求你……"

已经有无数讽刺句子涌到了嘴边的方柯，突然刹住了。

方柯看着眼前的女孩儿，他的眼里，不知名的怒气骤然横生。

"如果我没有记错……"他慢慢地沉声说，"你爸爸，好像是出了重大医疗事故被医院除名的吧？"

看到女孩儿脸色一下子变得惨白，他却没有半点放过之意。

"你认为，我给我爷爷奶奶请居家护理，不会调查他们的经历？一个内科医生，居然能因为开错药差点断送人命，这样的庸医，你怎么还好意思向人推荐？"

"我……"

爸爸的事，已经很久没有人提起了……虽然内心里始终无法释怀，但是，那次事故却注定是他此生无法擦去的污渍。

也是那一次，改变了他们一家的命运，从此她失去了妈妈，跟着爸爸来到陌生的夏栖镇。

噩梦，好像永远不会再醒来一样……

"请你再考虑一下吧……"

她听到自己如同烟雾般缥缈软弱的声音，在方柯冷冷的讥讽的目光里，兀自可悲地坚持着。

"魏南玄！"

愤怒的喊声，猛烈而突兀地打破了这难堪诡异的气氛。顾念乔因为激动而涨红的脸蛋，如同娇艳的芙蓉花朵，美丽得刺目。

她的身后，跟着匆匆追来的张佳伟、杜明等人，他们都神情复杂地看着脸色惨白的班长大人和双手插兜冷眼旁观的方柯。

阿乔实在是失态了。

但，当她找了那么久，找得内心里如同有一百只小老鼠在咬一样煎熬抓狂后，抬眼间突然看到方柯和南玄站得那么近在絮絮而语——她真的没有办法再控制自己的情绪。

以前，她对魏南玄的印象并不坏。

而现在……她很清楚，自己在嫉妒。

"班长大人，你在向方柯表白吗？"顾念乔愤怒地脱口而出。

她刚才清楚地听到魏南玄用那种柔弱哀怨的声音在对方柯纠缠："请你再考虑一下……"

考虑什么？当然是考虑接受她的爱意！

其实，她知道，这段时间以来，除了她以外，学校里还有很多女生都喜欢上了方柯，还有人给他写表白信。

只是，怎么可以有魏南玄？！

成绩好，性格好，老师喜欢，同学尊敬，从来都行为端正得像一本漂亮的教科书，每天刻意活成一副圣洁干净不可侵犯的样子——这样的魏南玄，怎么可以喜欢上方柯这样的另类存在？

方柯，自由而嚣张的方柯，应该和她顾念乔才是同一个世界的人！

阿乔不知道，一向自信的她为什么心里会有疯狂的警铃大作，一个声音在心中大喊：魏南玄不可以！她绝对不可以！

并不需要什么理由，反正就是不可以。

"你说什么？"面对她的质问，魏南玄的表情一瞬间变得迷茫，然后是震惊。

"装什么白莲花！魏南玄我告诉你，我最讨厌你这种样子了，如果喜欢方柯，就光明正大地来和我竞争！"

"你误会了！"脱口而出地否认着，南玄并没有意识到自己异样的激动。

"不是你想的那样！我怎么可能喜欢他呢？！"

她并没有意识到这句话有什么不妥，因为此刻她的脑子乱了。

所以，她也看不到方柯眼里蓦然闪过的一线寒光。

一种熟悉的恐慌感再一次席卷了南玄。

像考试前方柯对她的注视带给她的异样震撼一样，她不知道自己是怎么了。面对阿乔的指责，一向善于控制自己情绪对人人都好言相向的她，声音竟慌张而尖锐了起来。

阿乔怎么会想到那样的事情？

"绝对不可能的事啊……"

仿佛想证明什么一样，她胡乱摆着手，用力地退了一步，身体却撞上了一个人。

像松树一样英挺，像岩石一样坚硬，像冰川一样冷冽。

方柯嘴角一抹讥讽的笑意在扩大，他的眼睛垂下来，居高临下地看着南玄失态地否认。

"绝对不可能的事……"他重复着她的话，赞同地点点头。

像是突然间，他寒气逼人的面孔，竟换上了一副令人更为不安的带着轻佻感的面具。就像那天他在超市门前，朝着张佳伟勾了勾手指的那种表情，那是更加令人感到陌生的、不安的面具。

他伸出右手，微微低头，轻轻拍了一下南玄的脸颊。那速度快而轻柔，五根纤长的手指像一把羽毛，瞬间接触到她的肌肤，却给她带来针一样的刺痛与火一样的灼烧感。

"魏南玄，你很有自知之明。"他一字一字清楚地说。

繁花盛开的夏天

雪白的鸽子

— *Chapter9* —
summer

那些快乐的笑容，
我都给了你，
唯一的朋友。

"什么？"

南玄不敢相信自己的耳朵，她震惊地看着夏雪。

一天之内，方柯这个人，这个名字，仿佛像诅咒一样跟随着她，让她心烦意乱。

"拜托了，南玄，你是我最好的朋友……"夏雪可怜巴巴地抱着南玄的一只胳膊，轻轻摇动。

南玄觉得自己的头隐隐作痛，比昨天晚上被碗砸破时的痛更加难受。

是一种说不清楚的钝痛。

这让她的思考能力明显弱于平常。

"你……要给方柯写表白信？"老天啊，她知道夏雪一直对方柯关注有加，但全校的女生对方柯有好感的那么多，她觉得夏雪的花痴也很正常。

但是，为什么一向内向少言的夏雪竟然要向方柯表白？！

"也不算表白信……其实，我是想以后每个星期都给也写一封信。我想过了，现在喜欢他的女生这么多，要让他注意到我，得有点特别的方法。我就每周写一封信给他，但不说我是谁，慢慢地，他肯定会开始好奇，那时候你再找个机会告诉他写信的人是我，也许，我对他来说，就和别人不一样了……"

夏雪的脸红红的，她害羞又兴奋地一口气说完她的打算，却看到南玄的脸色好像比开始更白了一些。

"你要我去送信啊？"南玄为难地低声问道。

如果是在今天以前，让她去给方柯送个信，她还是可以鼓起勇气帮夏雪一次的，毕竟他们身为同桌，虽然没什么交集，但她也经常能见到有人跑过来往方柯的课桌里塞粉色的信封。

但是，在她厚着脸皮请求方柯给爸爸一份工作被拒绝以后……

在她被阿乔当面愤怒地质问是否心怀不轨后……

在方柯对她露出那样不善的笑意，说出"你很有自知之明"这样的嘲讽后……

她已经一分一秒也不想再和他有任何接触了。

她对他，是从心里冒出的深深的恐惧和害怕。

她怕看见他眼里的冷漠讥诮，怕听到他冰凉的声线经过耳边，怕他上课时偶尔衣袖不小心擦过她的衣袖。

总之，说不清为什么，就是很怕。

"不光是送信……"夏雪变戏法般亮出一张纸，塞到南玄手里，"我写的初稿在这里，还要你帮我润一下色，修饰一下，我写的信太干巴巴了……你一直作文就写得好嘛！"

南玄眨了几下眼睛，不知道该哭还是该笑。

但还没有完。

"然后你再帮我抄一份漂亮干净的，再送给他……"

"夏雪！"南玄忍无可忍地叹气，"我和方柯是同桌，他肯定看过我写的字，你要我抄，他会看出来的！"

"南玄，你不是练过几种字体吗？我记得每一种都很漂亮的，你换一种就认不出了……哎呀南玄，帮帮我嘛，我的字写得不好看，你知道的……"

南玄还是为难地连连摇头。

夏雪见她态度坚决，声音渐渐低了下去，眼眶也红了起来。

"南玄，我真的很想做这件事嘛……我也没想和他怎么样，就是想让他注意到我，记得我……拜托……你是我最好的朋友，唯一的朋友啊……"

南玄看到夏雪眼眶红了，再听到她这么说，顿时不安地自责起来。

只是一件与她无关的事吧，她为何要这么坚决拒绝呢？

其实，初中时，夏雪曾经和南玄同班过两年。但是，她们成为好朋友，却是夏雪辍学以后的事。

夏雪的妈妈在她一岁时就病故了，她和姐姐夏琴一直跟着爸爸生活。

自从夏琴姐去了大城市打工后，没几年，爸爸也病故了。自那以后，夏琴姐就回到了夏栖镇，在学校里开了间小超市。

超市开张没多久，夏雪也辍学了，不久后，成为超市里给姐姐帮忙的人。

以前在班上，夏雪是那种非常沉默内向的性格，总是一个人待着，安静且无害，仿佛没有人注意到她的存在。

所以，就连她辍学离开，那个座位空了好多天后大家才突然醒悟。

不记得是从哪一天开始，放学回家的路上，有时，南玄会遇见夏雪同路，想起过去同学们对她的疏忽，南玄会有些内疚地朝夏雪笑一笑。

慢慢地，她们会打个招呼，再后来，她们就越来越熟悉。

不再上学的夏雪，待在姐姐的身边，反而重获了自由和新生般，变得开朗起来，一点点恢复了少女的生机，有了活泼和调皮的时候，还有了南玄这个新朋友。

现在，甚至有了自己喜欢的人。

如果，她拒绝这样的夏雪，是不是太残忍无情呢？

南玄深深吸了一口气，缓解了一下头疼的感觉。

她轻轻接过夏雪手中那张纸，看看上面歪七扭八的字迹，一眼就看到"好喜欢你哦"那一句，扑哧一下笑出声来。

夏雪哇哇地叫着扑上前，假装勒住她的脖子，嚷着："不许笑！不许笑！"

两个女孩儿的笑声，像一群雪白的鸽子，越过灰墙上暗色的爬山虎痕迹，向着高远的蓝天飞去。

繁花盛开的夏天

明薇与阿乔

— *Chapter10* —
summer

不是她要的，
　给她再多，
她也不稀罕。

天渐渐地阴暗下来，不过是下午六点左右的光景，全世界却已经只剩下些许微光。

秋天的风，也越发凉了，打着滚的黄叶在地面旋转飞舞着，像是对即将告别这世界的最后留恋。

这是一条狭窄的巷子，常年不见阳光的所在，墙角边长满了湿滑的青苔。

巷子两边是一些两层高的年代久远的旧房，随着小镇人民生活的一再好转，现在两边的低矮旧房已经无人居住，变成了学校里一些混混学生和社会浪荡小青年的出入之地。

顾念乔背着双肩书包站在巷口，她的身后，跟着身形高大的张佳伟。

从逆光的角度看，两个人的面容都模糊阴暗。

"阿乔,你是不是疯了,葛明薇她们不是好惹的!她们约你一个人见面,肯定没安好意!"

张佳伟喜欢阿乔,他舍不得让她去犯险。

今天放学的时候,之前同在夏栖中学读过书的葛明薇叫人约阿乔来这里见面,阿乔竟然真的答应了。

葛明薇比他们高两届,去年已经毕业了,她在校时就是劣迹斑斑的人物,毕业以后既没上大学,也没出去打工,和另外几个一起混的女生在镇上开了一家美甲店。

但不知道是出于什么情结,她仍然喜欢来招惹学弟学妹。

这次葛明薇突然约阿乔,肯定事出有因。

如果阿乔要他和杜明他们陪着赴约,自然也不用太担心什么,但阿乔却中了邪一样非要自己去。

"她们当然没安好意啦。"阿乔冷哼一声,"因为上午葛明薇给方柯发的肉麻短信被我看到了,我直接拿我的手机发信息羞辱了她。哼,一个老女人,居然厚着脸皮想追比她小的男生,想想都好笑!"

这件事张佳伟并不知道,所以他大吃一惊。

他知道阿乔近来对学校里意欲接近方柯的女生都充满敌意,但是连葛明薇她也敢惹?以葛明薇那种好面子的性格,阿乔此举肯定是伤到她了。

伤了人家还要单身赴会,这是什么心理?!

要知道,葛明薇以前在学校时就是出了名的阴毒,听说她整人不像男生打架直接见血,所以整完后也很难查到痕迹,虽然因此记了几次处分,但一直到毕业,她也没有收敛过半分。

"不行，你绝对不能一个人进去，如果要去，我陪你！"张佳伟坚持。

"张佳伟！你马上去给方柯打电话，告诉他，我因为他，现在被葛明薇她们打了！要他现在立刻来救我！"阿乔把自己那部最新款的粉色手机扔给张佳伟。

张佳伟一瞬间脸色铁青。

说不清是什么感觉，他只知道，阿乔说完这句话后，他的心里，比刚才听到她惹了葛明薇她们时，更加像吞了只苍蝇。

原来，她只身犯险，只是想引她想要的那个人，驾着七彩云朵前来救她。

她大概是见过方柯的身手，深信只要他出现，她一定能安然脱险。

所以，对于张佳伟一直苦苦相劝和要求相陪的好意，她竟然是丝毫未曾考虑。

不是她要的，给她再多，她也不稀罕。

她丢给他一句："你不要跟过来啦！快去打电话，快去！要不然，我以后再也不理你了！"

张佳伟用力握着阿乔的手机，越握越紧，简直要把那部小小的手机捏碎。

但最终，他只能眼睁睁地看着阿乔的身影，一步步走进那条幽深的仿佛张着大嘴狞笑的小巷子。

"顾小妹妹，你好嚣张啊……"

一个娇娇弱弱的女声，从屋子的角落里幽幽传出来。

阿乔警惕地站定。

她听出这是葛明薇的声音。

这里是一处废弃房屋的二楼，年久失修的木窗框上粘着一些已经被太阳晒去颜色的白色塑料纸，风一吹就会瑟瑟作响。借着漏进来的一些初升月光，阿乔依稀看到葛明薇的身影，她的身边还站着几个高大的年轻女人。

葛明薇慢慢地走了过来，那些女人，也跟着她的脚步缓缓移动。

她们渐渐走到了月光照得到的地方。

阿乔沉默着，警惕着。

单从外貌上看，葛明薇一点也不像是作恶的人。她长相清秀，身材纤瘦，黑直长发垂腰，细长的双眼总是含着一层忧郁的雾气，苍白的脸色更平添几分惹人怜爱的病娇。

她这副假清纯的模样，曾经蒙蔽了很多人，也害惨了很多人。

这也是阿乔担心的地方，她担心方柯会被葛明薇伪装的模样骗到迷住。

她是无意间在葛明薇的短信发过来的一瞬看到她那些示爱的字句的，方柯手机里居然还存了葛明薇的名字。

阿乔不知道葛明薇是什么时候缠上的方柯，但葛明薇那些深情表白的字句，却看得她怒火中烧。

这坏女人，装得好一手清纯。她居然还学才女邀约方柯看星星看月亮诉心声，把方柯当成傻子？

所以，阿乔转身掏出自己的手机，翻出以前去做美甲时存过的葛明薇的电话，把一大堆羞辱的话砸给了她。

葛明薇目光忧郁地看着阿乔，轻声细语地说："顾念乔，本来，你走你的路，我过我的桥……你为什么要来欺负我呢？你知不知道，你这样伤害我，让我好难过啊……"

　　不知道的人，听到她那幽幽的语气，大概真的会以为她受了天大的委屈吧。

　　虽然知道葛明薇是这样的人，但阿乔的背上，还是隐隐有些沁出冷汗来。

　　"葛明薇，方柯是不会喜欢你的，你少装可怜了！我发那些话，只是希望你清醒一点，你都是已经工作的人了，男朋友天天换，就别缠着方柯了！还有，如果你今天伤了我，方柯一定不会放过你的！"

　　阿乔知道，自己该说些什么来拖延时间。

　　虽然已经要张佳伟去通知方柯，但她也知道，如果方柯赶到的时候，她毫发无损，方柯也许会觉得受了捉弄；但如果方柯赶到的时候，她已经吃了大亏，那这次未免也代价太大。

　　她喜欢方柯，一心想要征服他，但她不是没有头脑的小女生。

　　她从经商的父亲那里，得到的不仅仅只是宠爱，还有谋略。

　　也许，还有必要时赌上一赌的勇气。

　　提到方柯，葛明薇身边一个身高足有一米八绰号阿虎的女胖子忍不住了，跨前一步恶狠狠地盯着阿乔："闭嘴！我们薇姐想要的人，还轮不到你这小蹄子来指手画脚！乳臭未干的丫头，也敢来坏我们薇姐的事，今天不给你一点舒服的尝尝，你不会知道在夏栖谁说了算！"

　　"葛明薇！"阿乔被逼得后退一步大喊，"方柯马上就要赶到了！你要是喜欢他，难道想要他看到你现在的样子吗？"

　　"你竟然把方柯叫来了啊……"葛明薇又轻轻叹了一口气，"怪不得你敢一个人来，我还在想，你怎么没带上你那几条小忠犬呢……"

　　她烦恼地轻拧起两条秀气的眉，仿佛在自言自语："我当然不想让方柯看到啊……你看，你这么瘦小，一定是缺乏营养，我好心为你找了这么多补品，你吃了以后一定身体很棒的……可是，好担心方柯可能不会明白我的苦心和善意呢。"

她似乎是不经意地瞄了一眼身边几个女生手里拿着的几个瓶瓶罐罐，里面不知道装了些什么东西，似乎是些活物，隐隐还在蠕动。

"可是，如果要做善事，就要有颗坚定的心……顾念乔，你说不是吗……即使被所爱的人误会，也要坚持下去，总有一天，他会明白的，对吗……"

似乎是下定了决心，葛明薇轻轻地点了点头，拍了拍手。

她身边的那几个化着浓妆的年轻女人，顿时放肆地大笑起来，然后围成一个半圈，逼近阿乔。

而最先靠近了阿乔的阿虎，已经迅速以与她身形不符的敏捷，一把揪住了阿乔的头发，顺势将阿乔摁倒在地。

"来啊！"她的笑声最猛最大，"姐姐我最喜欢这种不知死活的小天真了，咱姐们都来喂这个美少女吃点营养的！"

阿乔知道自己完蛋了。

她以为葛明薇和她一样，会希望在喜欢的人面前保留一个好形象，至少行动上会有所犹豫，这样，她就能争取一些时间。

可是，已经在社会上开始摸爬滚打的葛明薇的世界，她真是太低估了。

阿乔拼命地挣扎起来，意识到接下来将面对怎样的残酷处境。

高大的阿虎已经熟练地制住了阿乔的身体，如男人一般粗大的膝盖狠狠地顶住了她的肚子，一只粗壮的手肘用力地压住了她的上身，另一只手则铁钳一般强硬地捏住了她的下颌，令她的嘴被迫张成了一个 O 形。

阿乔在蓦然发生的剧痛中惨叫出声，但还没等她的声音完全放出来，就成了喉咙里一个模糊不清的声音。

其他的女人狞笑着向她展示手中的"食物"……

阿乔终于崩溃了。

她现在才知道，张佳伟是对的，她一个人来玩这个游戏，实在是太冒险太愚蠢了。

世界上有很多比死还可怕的事情，她太高估了自己的承受力。

而现在，她已无法逃脱，只有眼泪疯狂地涌出来，喉咙里发出呜呜的悲鸣，心里还剩下一点点微弱的声音：方柯……救命……

就在一只黑漆漆的昆虫即将塞进她嘴里的时候，一声仿佛来自地狱的怒吼打破了阿乔的绝望：

"放开她！"

阿乔感觉到一直死死摁住她的阿虎发出一声闷哼，头皮上和身体上的压力都骤然减轻，顾不上看发生了什么事，她使出全身的力气朝边上滚去。

与此同时，差点就被人在嘴里塞了活虫子的恐惧令她疯狂地尖叫起来，继而抠着喉咙蜷缩着干呕。

她听到混乱的打斗声，刚才还在威胁她的女人们的惊叫声，东西的破裂声，呼呼的喘气声，含糊的怒吼声。

但她什么都不想看见，她只抱着自己的身体，希望这噩梦快点结束。

不知道过了多久，周围终于渐渐安静下来。

一个散发着强烈的汗湿感的怀抱，将她紧紧搂住。

阿乔呜咽着："方柯……"

她感觉到那个怀抱突然僵硬了。

然后她听到了好像是杜明和江小淮喘气的声音："阿乔，你怎么样了？"

她茫然地睁开眼睛，固执地问："方柯呢？"

张佳伟抱住阿乔不放手，他的声音里有一种阿乔感到陌生的狠戾感，令她竟然有点害怕。

"你死心吧！方柯说，他不会来帮女人打架的！"

阿乔一下子从张佳伟的怀里挣脱了出来。

"张佳伟，你是不是没有告诉他我的处境有多么危险！你根本不想他来！"她愤怒地喊起来。

张佳伟再也忍受不了了。

天知道刚才他赶到时，场面有多么可怕！

再差一点点，他美丽的阿乔，可爱的阿乔，被他保护着像公主一样从来没有受过一点委屈的阿乔，就要遭遇那么黑暗的事情！

而她现在仍然在想着那个令她涉险的人，她一点都不知悔改！

他第一次对她吼起来："你醒醒吧！方柯根本就不喜欢你！就算你现在被人砍死，他也不会赶来救你的！"

一记响亮的耳光。

空气仿佛凝固了，杜明和江小淮，都不约而同地别过了脸，不愿多看。

阿乔呆呆地看着自己的手，又看看张佳伟刚才为她打架时满脸挂上的伤痕，大颗大颗的眼泪，像冰冷的陨石，重重地砸了下来。

繁花盛开的夏天

有故事的人

— *Chapter11* —
summer

"我不会去帮女人打架的。"

他说。

方柯站起身来,把窗子打开了一点,清新的晚风顿时灌了进来,深蓝的窗帘也随之飘动起来。

他站在窗边深深地吸了一口气,随手把手机扔在了柔软的床上。

刚才,张佳伟拿顾念乔的手机给他打了个电话。

"方柯!阿乔出事了,她因为你,惹毛了那个葛明薇,现在被一群女人打,你快点来救她!"

方柯微微皱了一下眉,他稍一回忆就明白了葛明薇是谁。

上周那外表纯良眼底却烟雾如丝的女人突然出现在校门口,径直从他手上拿走了他的手机,涂着亮紫蔻丹的细长指甲如小鱼轻跃,转眼在他的手机里存下了她的名字和号码。

大概是以为他一定会联系她,结果并没有,于是葛明薇按捺不住,今天主动发了短信过来。

他和方潜，自小就容貌出众，方潜更是从内到外都闪闪发光优秀完美如同神祇，所以对于这些各色桃花，自十六岁起，他俩都遭遇得不少。

方潜比较怜香惜玉优柔寡断，对于怎样拒绝女人总是很苦恼。但他却一向不把这种事情放在心上，他只觉得这些都是别人的幻想世界，根本与他无关，他甚至连回复一句周旋一句客气一句都觉得多余。

没想到阿乔主动惹了事。

阿乔对他的心意，他当然明白，心思敏捷如他，也立刻明白了阿乔此时叫他过去的用意。

他不禁在心里暗骂张佳伟蠢得像一头猪。

"我不会去帮女人打架的。"他说。

不出意外，电话那边的人失控地怒吼起来："他妈的方柯你是不是人！你知不知道葛明薇是什么样的人！"

张佳伟竟然敢骂他！

方柯无声冷笑。

果然只有遇到阿乔的事，这家伙才会原形毕露智商为负。

"闭嘴，张佳伟。你现在马上挂掉电话，用最快的速度自己冲进去，在这里和我啰唆有屁用。"

不知道张佳伟能不能听懂，方柯毫不迟疑地把电话挂掉了。

电话没有再打来，想来张佳伟已经冲进去了吧。

在这所学校里，大概没有人看不出来，张佳伟对顾念乔的心意。

方柯不知道，喜欢一个人，要喜欢到怎样的地步，才会喜欢到害怕。

对她言听计从，对她患得患失，宠她没有原则，面对她丧失最基本的判断与理智。

张佳伟对顾念乔，大概就是这样的。

明明是他自己出手就能解决的事情，明明是最好的英雄救美的机会，他却由着顾念乔的小性子陪她胡闹，这样的两个人，自然是要吃些苦头的。

方柯有些好笑地摇了摇头，转身想走回书桌前，刚才被他扔到了床上的手机，却又响起了悦耳的铃声。

电话是哥哥方潜打来的。

"小木，下周五我会代表爸爸来你们学校给新教学楼剪彩，需要我给你带些什么吗？"

方潜的声音永远是温柔的、清朗的，像冬日里淡金色的阳光，给潮湿黑暗的心带来安宁与平静的抚慰。

"哥，我在网上订了两本国外最新出的工具书，不小心点错地址寄到家里去了，查了一下前天已经到家签收了，正好你给我带过来吧。"方柯往床上舒服地一躺。

"没问题。"

挂了方潜的电话，门口传来轻轻的敲门声，方柯跃起来去开门。

爷爷慈爱的笑脸出现在门口，手里端着一碗还冒着热气的汤。

"学习累了吧？你奶奶今天上午买了新鲜的排骨和山药，小火熬了十个小时的浓汤，最有营养，快喝一碗。"

方柯接过碗放在书桌上，搀住爷爷。

只有在从小对他毫无保留地宠溺的爷爷奶奶面前，方柯的眼神才会变得很软很软。

无论方宝剑怎样对他，他都希望爷爷奶奶不要再为他担心，这也是来到夏栖后他终于不再惹事的原因之一吧。

倒是遂了方宝剑的愿。

"晚上的药吃过了吗？"他趴在爷爷的耳朵边上大喊。

虽然戴了最好的助听器，但老人的耳朵能够听到的声音还是很有限。

老人笑呵呵地点头。

"都吃了，你奶奶的也吃了。你快喝汤。"

年纪大了，要吃的药也多了起来，脑子不好使了，幸好这两年小孙子来这边上学，这孩子话不多，可从小就贴心。

比如他们总也记不住每种药一次要吃几颗，所以小孙子把他们要吃的药都分开装了几个药盒，每次要吃的药都数好放在一盒里，吃的时候直接拿不用数了。

又比如他们吃饭吃药总是不按点，习惯看天，所以小孙子给他们定了几个闹钟，提醒按时吃药，不过就是这样，他们还是老忘。

所以上周他昏倒了一次，送到医院，医生说他吃药断断续续的，血糖不稳定了。小孙子一听就急了，这几天张罗着给他们找个居家护理来，说要个懂点医的。

"小木啊，爷爷和奶奶商量过了，这几天看过的人啊，我们觉得，那个老魏还不错。都是一个镇上的，好多年了，我们也熟。人家以前也是大医院的医生，不知道惹了什么事才来我们这小地方安生，这些年家里也挺苦的。那天他过来做了一顿饭，你奶奶也觉得合胃口。要不就他吧？"

爷爷自己耳朵聋,所以说话也总是扯着嗓子大喊,声音震得方柯耳朵发痒。

他不动声色地揉了揉自己的耳朵,低头喝汤。

毕竟是给爷爷奶奶请人,虽然只是白天他上学时照顾饮食起居健康状况,但也是要让爷爷奶奶相处舒心的最好。

所以他也让他们自己看看选选。

没想到,他们竟然想选魏南玄的爸爸。

因为魏锋之前有过医疗事故的经历,所以他原本是不打算考虑这个人的,但接连被提到此人,他不得不重新考虑起来。

他搜过魏锋当年医疗事故的相关新闻。这年头,医疗事故并不稀奇,稀奇的是,魏锋当年是一个内科医生,他并不上手术台,只是给人做检查开药。

结果他竟然给一个心脏病人开了恰好有害的药物,导致那个病人突发心梗差点没抢救回来。

此事一时哗然,甚至有人认为他和这个病人有仇,是恶意杀人。

但调查下来却没有发现他与这个病人间有什么关系。

这起事故也因此上过报纸,引过争议,以至于方柯多年后仍能轻易搜出当时的新闻。

不过,虽然事情有些离奇,但魏锋出事前的确是优秀的医生,如果爷爷奶奶在家里发生什么意外,他能够做的急救处理和专业反应肯定不是普通人能比的。

在他的眼皮底下,那魏锋也不敢乱来。

既然爷爷这样说,那就试试吧。

　　他搀着爷爷回房间睡觉，告诉自己，这个尝试是因为尊重爷爷奶奶的选择。

　　但不知道为什么，脑海里还是浮现出了魏南玄的脸来。

　　她脸色苍白，双手无意识绞紧了自己两边的衣角，低着头对他说："请你再考虑一下吧……"

　　而他却总是被她额角上那几道已经结痂的伤口吸引着目光。

　　原来，他这位看起来那么冷静克制温柔周全的小白兔同桌，竟然是个有故事的人。

繁花盛开的夏天

方潜

— *Chapter12* —
summer

那时她天真地以为，
所有的温柔都不含恶意。

大而光滑的石头向水的一面，幽绿的不知名藻类异常安静，舒缓着姿态浅浅入水。大片大片的鼠尾草从水边一直弥漫到山脚，偶有几枝独角莲在水边抬起头来，便有了几分暗含着野性的亭亭的味道。

如果此刻有风吹过，这深深浅浅的绿便都在阳光里微微荡漾起来，看得人眼晕，却又欢喜。

南玄自从来到夏栖，有一年发现了这里，就很喜欢夏天的时候赤着脚在这个水库边走。

她不怕小虫和壁虎从她的脚背上溜过去，也不怕太阳晒黑了雪白的肌肤，这一片是她的乐园，人迹罕至。她固执地觉得这是一片魔法之地，在这里，时间流淌得特别温柔，特别缓慢。

那时她天真地以为，所有的温柔都不含恶意。

而在每一个被命运逼迫到喘不过气来的时刻，无依无助甚至连哭泣也不被允许的她，只有躲到这里，才能得到心灵片刻的安宁。

这是她一个人的小秘密。

南玄轻盈地跳到一块大石头上，伸长了脖子四下张望。

明天学校有重要活动，所以今天下午全校大扫除，每当这时，就可以提前一点放学。

这段短短的时间是唐姨不知道的盲区，所以她就溜到了她的秘密乐园。

而今天，她到这里，是有一个小任务。

夏季下午四五点钟的太阳，依然火力十足，但因了水库和青山的天然凉意，一点也没了镇里的燥热感。

南玄的目光锁定在一个方向，她的脸上，露出了柔软的笑意。

她跃下石头，朝那个方向跑去，轻快的脚步和草叶摩擦带来的微小声音，此刻听起来，竟也有些像动人的小曲。

绕过山脚一侧，一片紫色的香草地赫然出现在她的眼前。

她选了一块干净的大石头把书包放在上面，然后拉开拉链，取出书包里带着的小型学生剪，然后蹲下身开始挑选那些紫色的植物。

一枝，两枝，三枝。

小小的剪子下，花枝应声而落，枝头上紫色的小花像落入凡间的星辰，干净得好像孩子的眼睛。

收集了一小把后，南玄又跑到远一点的地方，找到了另一种白色的开着箭形花穗的植物，开始挑挑剪剪。

一不会儿，她的手边就收集了几束不同色彩的野花。她细心地把一些黄叶残叶摘净，把它们搭配在一起整理成好看的形状，又从口袋里拿出早就准备好的一小卷白色棉线把它们的花柄扎起来。

　　做完这一切，她伸长了手臂，把这把小花束稍微拿远了一点，歪着头仔细看了看，终于露出了满意的笑容。

　　其实，那天爸爸回到家，激动地宣布他被方家录用了，最意外的，莫过于她了。

　　她那天在学校冲动地拜托方柯考虑爸爸，后来想起，也觉得羞愧难当。虽然不知道那时怎么会头脑发热说出那样的请求，但方柯的羞辱，也并没有什么不对。

　　他那么嫌弃和不屑的表情，清清楚楚地写在脸上，她想，他是绝对不会用她爸爸了吧。

　　可是，爸爸竟然真的被录用了。

　　就连一向板着脸对她的唐姨，也为这个好消息而激动了一下。

　　自从出事后，爸爸整个人的精神都垮了，即使在这小镇上，他也并不是任何工作都找不到，甚至去市场上摆摊，也能贴补家用。但他多年来缩在家中，什么都不肯去做。他宁愿活在唐姨的羞辱里，也不愿意再走出去面对这个复杂的世界。

　　因此这一次，这份工作，对爸爸和这个新的家庭来说，也许并不仅仅意味着一份不错的收入，更意味着某种似乎看见了希望的新生。

　　南玄从心底感激方柯的选择，也为自己过去误解了方柯而感到更加愧疚。

　　他其实，真的是很善良的人吧。

　　她什么都没有，他也什么都不缺，就让这把小小的野花，代替她说一句她说不出口的感谢吧。

弄完花束后，南玄身心轻松。她爬到一块大石头上躺下，舒服地伸展着四肢，闭上眼睛，让金色的阳光如温柔的薄纱一样抚过她的眼皮和睫毛。

似乎是某种说不清的直觉，她突然觉得有什么异样在悄悄发生。

睁开了眼睛，她坐起来四看，然后就看到了平静如同慈爱母亲的美丽水库里，某一处似乎有着不正常的波动与光影。

怔了几秒，身体比大脑更快地得到了反应。

有人溺水。

唰的一下，冷汗湿透了她的全身，在这蔚蓝如洗的天空和火红的烈日下。

与此同时，她一跃而起，飞快地冲向了水边，来不及做任何犹豫，她已经扑进水中。

水里真的有人。

六岁起就被妈妈送到游泳班训练过的她，水性算是不错，在水里，她甚至比在陆地上更加舒适自由，但是，在她所熟悉的水下，第一次看到这样的画面，却令她遍体生寒。

那个人，在缓缓地，缓缓地下沉。

他闭着眼睛，像是睡着了一样，身体倾斜着，双手自然地垂在身边，像白色的漂动的水草。

或许因为才进入水中不久，他的头顶不远处，就是从人间世界透下来的天光。那些光像某种仪式一样，恰好照在他的脸上，他短短的头发随着水的浮力向上漂起，白色的轻薄的衣衫也向上漂起，在光的折射里，竟也隐隐看出俊美的脸来。

所有的一切，像一幅诡异的名画。

即将死去的名画。

不知道为什么，那一瞬，南玄突然想起了方柯。

他刚刚来到夏栖，坐在她身边那个位子上时，给她的感觉。

一幅仿佛死去了的名画。

再没有丝毫犹豫，她箭一般射向那个人。

连吐出几口水后，有一丝丝神志，飘飘荡荡地回到了方潜的身体里。

太累了，只差一点点，就可以永远睡着了。

但是，仿佛这条辛苦长路还不能结束，他又被拉回了人间。

随之而来的是脑袋和胸腔炸裂般的疼痛感，他剧烈地呛咳起来，鼻腔和喉咙都充满了火辣辣的刺痛感，身体猛地蜷成一团，在疼痛里清楚地感受到后怕。

他差一点就造成了不可挽回的错误。

不远处的背包里，还有着带给小木的书，他还没有见到小木，竟然就差点遭遇了意外。

要是那小子知道了，大概又会暴跳如雷。

南玄松了一口气，把手从那人的胸口拿开，忽然一下脸热了。

幸好学过一些溺水的急救知识，不过还是第一次用，似乎有用，这人的命是捡回来了。

只是现在想来，也觉得后怕。

她一个十七岁的女孩子，哪里有救人的力气呢？

听说溺水的人，因为求生的欲望，那时力气大得如同魔鬼，贸然去救，很容易把救人者也一起溺死。

她无法解释自己那一刹那的冲动。

幸好这个人不知道为什么，溺水后竟然如同昏迷了一般，身体完全没有一丝力气，只像一个浸满了水的大麻袋一直悠悠下沉……

她这样想着，心里突然小小一乐。

是一个好看的麻袋呢。

南玄一边拧自己湿透的长发，一边看了看那个终于停止了呕心的咳嗽，慢慢睁开了眼睛的人。

她突然发现一个严重的问题。

咦？

这人……

怎么长得那么像方柯？

"什么？你是方家的人？方柯的哥哥？"听到那个人虚弱的回话，南玄惊讶地忽闪了一下眼睛，"我爸……就在你家做工呢，我爸以前是很好的医生，赶快回去让他给你看看，别肺里呛了水落下病根。"

她顾不上休息，用力拉起他，感觉到他的身体依然有着千斤重量。

恍惚间，她的脑海里掠过一个模糊的念头。

方柯这个人啊，好像一把野火，不会熄灭，不会妥协，不会后退，不会软弱。

而他的这个哥哥，方潜，却好像和他刚好相反。

他是温暖的，友好的，得体的。

只是，不知道为什么，也许是因为他们第一眼的相见，是在水下那么诡异的场景里，南玄因此而觉得，方潜眉宇的和煦里，似乎暗隐着许多散不去的沉重和忧愁。

繁花盛开的夏天

你心里的光

— *Chapter13* —
summer

你还记得吗？
那是我送你的第一束花，
它的名字叫，感激。

　　双脚踏进泥地里，隔着薄薄的鞋底，也感受到了刚翻过的土地特有的松软。

　　弯腰抚摸着一丛丛刚出苗的新鲜小白菜，魏锋闻着那股植物的清香有些高兴地笑了。

　　这一刻，谁也看不出他曾经是一位白衣飘飘的医生，也没人再提起他怎么从繁华的大城市如丧家犬一样回到了这小小镇子。他现在看起来，就像一个朴实而心安的中年农民，土地的馈赠与慷慨带来人类最原始本真的满足与安全，他这些年极少舒展过的眉头，终于有了松动。

　　就这样活下去吧，能在方家工作，真的挺不错的。

　　方家老人心善，耳背，都有些老人病，但目前情况都还稳定，按时服药注意饮食作息就好。

白天他就打扫一下这三层小楼的卫生，做做饭菜，给两位老人定时做一下按摩和检查，天气好的时候，就带他们去阳台上晒晒太阳。

最好的一点是，他们永远笑呵呵的，永远不会对他说那些刻薄话。

刚来他就发现方家的小楼后面有着大片空地，他给收拾了一块菜地出来，种了些时鲜蔬果，不到一周就出苗了，令得同样也是农民出身的方家老人夸赞不已。

方家老人那个小孙子方柯，他倒是有些莫名的畏惧。

也说不上来为什么，那小子明明和南玄一般年纪，还是个半大孩子，但看人的表情和眼神，和人说话时的语气内容，竟都有着成人般的犀利审视，清醒而冷漠，令人无法小觑。

那小子话不多，但看得出这个家现在都是他做主，老人的财务也由他管理。换句话说，这十几岁的小子现在是他的老板，是给他发薪水的人。

想到这里，魏锋有些尴尬地咧了咧嘴。

算了，现在已经够好了，他现在周一到周日都在方家住着，不知道有多么清静，都在一个镇子里，有时间他也能随时回去那个家看看笛花和球球，但却不用从早到晚听到笛花的唠叨了。

就是南玄……

想到乖巧的女儿，他又不禁叹了口气。

他对不起女儿，他不在家住，南玄又少不了多受气了。

弄完那点土地，魏锋从屋后转了出来，看看天色，该开始做晚饭了。

他突然愣了一下，屋前的空地上，站着两个人。

一个是他的女儿魏南玄，背着书包，挺拔的模样像一棵清清秀秀的小树苗一样。他突然发现，女儿的衣服绷在身上，已经有点显小了。

没有亲妈在身边，女儿进入青春期后的第一件胸衣，都是她自己偷偷摸摸找了些旧衣缝的。

那时，她不好意思问他，也不敢问笛花，就那么自己猜着瞎弄。

后来晾衣服时，他才看到那件古怪可笑的手工品，那一刻他眼里险要掉下泪来。

他似乎终于想起了，在很久很久以前，女儿也曾经是他和那个女人捧在手里最珍贵的宝石，轻轻磕一下也会哭出声来的小娇气。

而今，她的亲妈又在哪里？她会知道他们的小公主现在过着这样的日子吗？她会良心不安吗？

那些又酸又胀的情绪堆在眼眶的边缘，用力地想要挤出来，但同时，生活给予他的一些捉弄和惩罚，又像无形的绳索般，悄无声息地冒出来，缠住了他的心。

他是个没用的男人，他留不住喜欢的女人，也保护不了女儿，而现在，他只想清净地缩在角落里过完余生。

他把那些酸楚又用力地咽了下去，算了，小姑娘没有合适的胸衣穿，又死不了人，何必再去招惹一次家庭风暴。

幸好笛花虽然嘴厉害，但心到底还是不坏，知道这事后，一边骂着，一边把南玄的胸衣给买了。

只是，后来这些年，遇上南玄衣服裤子小了短了要新买的时候，南玄仍然是不好意思和笛花主动提。

他想，这一次，等他发了工资，他终于恢复了经济上重新做主的男人了，也许可以和笛花说说，给女儿买件新衣?

另一个人，则是他没有见过的年轻人。身形高瘦，面色有些苍白，但五官却是英俊的，乍一看，和方柯有着七分相像，却似乎比方柯的感觉要多一些柔和。

魏锋走近了些，南玄发现了他，扬声唤道："爸!"

年轻人也看到了他。

年轻人微笑着伸出手来，声音有些虚弱却依然清楚地说："你好，我是方柯的哥哥，我叫方潜。"

原来是方家老人的大孙子回来了。

之前看过照片，难怪觉得眼熟。

和方柯完全不同，方潜的态度谦和温暖又自然，却带着一种仿佛与生俱来的高贵感，倒让魏锋有些着慌起来，不知道是不是该用沾满了泥还没来得及清洗的手去回应。

南玄恰好替爸爸解了尴尬，她有些着急地说："爸，他刚才不小心落水了，你快给他看看，别肺里落下什么病来。"

魏锋这才注意到方潜和南玄身上都是湿漉漉的，他吓了一跳，来不及问详情，赶快要方潜进屋。

南玄却站着不动，说："人送到了，那我先回去了。"

既是对爸爸说，也是对方潜说。

这一折腾，已晚了时间，得赶快赶回家给唐姨和球球做饭了。

魏锋自然知道女儿的意思，看着女儿全身湿透的衣服，他张了张嘴，到底还是不知道该说些什么，走了几步，又停下脚来。

方潜咳了几声，说："南玄，留下来吃晚饭吧，你爸也在这里，我给你找些我妈放在这里的衣服先换上。"

他话音未落，南玄却已经像小兔一样飞快地跑了，一边跑一边摆手。

这一摆手，才发现手里还抓着那把自己精心搭配包扎的野花花束，遂又转身往回跑，跑到爸爸身边，把花束一把塞到他手里，脸红气喘地轻声说："爸……你把这个花，插到客厅的瓶里吧，挺好看的。"

她自然不好意思说是自己特意去摘的，更不好意思说是送给方柯的。

内心里的感激无法用直接的方式表达，也许他也不屑，那么，就让这些灿烂的花朵，偶尔开放在他冷冰冰的眼睛里吧。

魏锋莫名其妙地看看手里的花，刚想说什么，女儿已经飞快地跑掉了。

他摇了摇头，顾不上多想，赶快进屋张罗起来。

在夏栖的小街上，南玄奔跑着，她感觉到夏天热腾腾的风在身边呼呼地掠过，飞快地将她湿衣服上的水汽蒸发带走，脸上不知不觉露出天真笑意来。

她当然没注意到，听到楼下的小动静时，三楼的方柯走到窗边看了看。

看到魏南玄的身影和哥哥方潜站在一起，他有些意外地皱了一下眉。

他注意到她的手里抓着一把小小的花，是什么花？他刚来不久就发现了，这小小的镇子上，竟然连一家花店都没有，她倒是好兴致，从哪里弄来了这么一束……

隐约间，听到她说"落水"这个词。

那一刻，他游离的眼神里，有着像寒星一样的光，蓦然间凝聚了起来。

手也不由自主地慢慢握紧。

方潜啊方潜，你竟然又……

他怒气冲冲地冲下楼去，一把拉开门，却把刚要抬脚进屋的方潜和手里握着那把花的魏锋吓了一跳。

开始还在门口的魏南玄，却已经不见了。

繁
花
盛
开
的
夏
天

孤独者

— *Chapter14* —
summer

他是一个自由的孤独者，
而她是一个讨好全世界的可怜虫。

"方柯……有没有看那封信啊？"

夏雪不安地摆布着超市里货架上的新款笔记本，低声问身边同样在帮她整理的魏南玄。

"夏雪，同样的问题，你中午已经问过一遍了。"南玄叹气。

"下午不是又上了几节课吗？也许他已经看过了！"夏雪不服气地反驳。

引得路过的夏琴好奇地探头问："谁？看过什么了？给我也看看！"

吓得夏雪和南玄胡乱搪塞，答的话各种牛头不对马嘴，听得夏琴一头雾水地走开了。

方柯有没有看那封信，南玄是真不知道。

她在夏雪的"逼迫"下，用自己小时候练过的另一种字体工整地抄写了那封信后，又麻着胆子趁着下课方柯离座她收试卷的间隙，把那信塞进了方柯的课本里。

做完这一切她都已经衣衫汗透，全身紧张得微微发抖。接下来的时间里，她哪里还有勇气再朝方柯那边看一眼？

她已经够紧张的了，但是比她更紧张的，还有夏雪。

夏雪简直是魔音洗脑般在接下来的几天时间里不停地逮着一切机会问她进展。

然而，这种事哪里会有什么进展呢？

信上又没有留名字，难道方柯还会在她面前看着那封信露出谜之微笑或把信捂在胸口深情款款？！

想到方柯那张根本就不会有什么表情波动的冰山脸被她脑补上这些表情，南玄一时没忍住扑哧一下偷乐出声来。

如果他会有那样的表情和反应，那也太好笑了吧……

她的小动静引得方柯惊讶地转过脸来看着她。

大概在他看来，一向上课不走神的她居然会开小差，真是史前怪事吧？

南玄赶快在心里给自己敲响警钟，提醒自己认真做题。

但是，不知道是不是受了夏雪的影响，接下来的几天，她真的开始去偷瞄方柯的表情，想看看他有什么异样。次数多了，方柯自然有所察觉。

又一次她偷看向他时，正好撞上他毫不闪避地冷冷地回看着她，把她吓得心脏都快要骤停。

他却毫不留情，开口道："班长大人，你今天已经偷看我第八次了。"

南玄的脸一下子腾地热得像要燃烧起来。

同桌两年，他几乎没和她主动说过话，除了上次叫她去医务室包扎。

但是对他说话的风格，她却是很了解的。

他不太爱说话，如果一定要他开口，他也绝不会给任何人留情面，有时连老师也被他一句话呛得灰头土脸。

他似乎根本不在乎别人对他的看法，而这一点，也恰好是她最羡慕的事情。

她和他不同，她活得那么小心翼翼，对任何一朵花、一棵树，她都会端着恰到好处的笑脸。她的内心里充满了不安和害怕，却不能让任何人看出来，每一秒都绷紧着神经让自己微笑，连梦中都不敢例外。

他是一个自由的孤独者，而她是一个讨好全世界的可怜虫。

"你是有什么话要说？"方柯继续追问。

"没有。"南玄摇头否认。

"那你老看我做什么？"

"我……看你有没有遵守纪律。"

她简直要为自己的机智点赞。

因为是自习课，两个人的声音都压得低低的，倒像是在窃窃私语。

接下来的时间里，南玄的头再也不敢朝方柯那边稍偏一点。

她这样子，倒让方柯的心里生出了一些连他自己也说不清的异样的郁闷来。

他这个小白兔同桌，行为实在是有些超乎他的认知。

面对别人的时候，她明明阳光自信大方温柔，说话虽然细声细气却有理有据柔中带刚，做起班级管理来不靠凶悍也不靠老师竟也井井有条。

但面对他的时候，她却显得异样的警惕。

这种警惕或许连她自己都没有发觉，她具体的表现就是，面对他时，她格外紧张和慎言。

每次当他以为刺激她一下她该有反应的时候，她都会猛缩起来一声不吭，一副任他宰割的样子，像是嘴里蹦出任何一个字来，都会流露出她的惊天秘密。

却不知道，正是这样的反应，让他觉得有点好笑又有点好气。

她以为她是女战士而他是敌人？

她这是什么意思？

尤其在给他写了那样的信以后？！

他现在还能清楚地记得那张淡紫的信纸上的些许字句。

"或许别人看到的是你的冷漠，而我却在你的眼底，看到了最深的温柔。"

最深的温柔……

他对她？

有吗？

所以她才不停地偷看他，看他有没有对她再温柔一点？

可明明她之前还一脸正气地回呛顾念乔说"喜欢他是绝对不可能的事"，说这话的时候，她可是没有留下一丝余地的，连他都几乎相信了。

现在又写出这样的信来。

她倒是很会不动声色地让人体会心情起伏跌宕啊。

至于为什么知道那封信是她写的，这大概又得感谢方宝剑从小对方家血脉的严格栽培。

他四岁开始习练书法，笔还握不稳，就被请到家的老师逼着钻研各种字帖。

拜他所赐，他和方潜都能熟练掌握多种软硬笔书法，且连带对笔迹特点有了一定的基础认知。

他曾经有一次看到过魏南玄在草稿纸上用这种笔迹划拉写过几个字，她当然是无意的。而他当时一瞄之下，心里微微感叹了一下原来他的同桌竟然也是练过这种字体的，没想到不久后，这种字体就公然出现在了给他的一封情书里。

魏南玄大概做梦也不会想到，方柯有着惊人的目力与记忆力，还有着缜密的思维和分析头脑。

当意识到是魏南玄在给他写这样的字句时，方柯的心里，是狠狠地意外了一下的。

随之而来的，是一种说不清的情绪。

其实前两天每次路过客厅，看到那一束深紫浅紫搭配得异样精巧的小野花时，他都会有些微微的愉悦，但是对于她的行为，他却并没想过要去深究背后的含义。

只是发现那封信竟然是她写给他的后，情况有了一些微妙的改变。

他承认，比起以前收到的各种方式的女孩儿的示好，这一次，他的情绪里，是有小小的愉悦和在意的。

只是，当他主动搭理了她一句，她就立刻紧闭嘴巴一本正经端坐如松的样子，又让他稍微有点奇怪的不爽。

繁花盛开的夏天

有梦开始的夜

— *Chapter15* —
summer

眼前的人，
身上没有一丝一毫的气息，
叫作妥协。

周五的时候，学校新教学楼落成典礼，南玄没有想到，会在学校里再见到方潜。

代表新教学楼捐赠人站在校长身边微笑着发言的方潜，像清新明亮的世外山谷里升起的皎皎月色，优雅、自信、闪亮。

他这样一个人，简简单单地站在那里，就能让周围的一切，都黯淡下来。

很多人都凭借容貌和名字，猜测出了那是方柯的哥哥。

只是，同样容颜俊美的方柯，平时给人的印象是冷淡的、疏离的，甚至暗含威胁的。

而方潜，却是所有少女最初的幻想里，那个骑着白马的王子。

他温柔而不失礼貌，自信而掌握分寸，仿佛与生俱来，他就代表着光明。

完美的方潜。

听方潜发言的时候，南玄留心了一下四周同学们的表情，不禁偷偷地想，今天以后，大概夏栖镇的很多少女，都要开始做一个主题叫方潜的粉红之梦了。

有这样一个优秀的哥哥，方柯的心里，又会是怎样的感受呢？

南玄突然觉得，她有点理解方柯的孤僻了。

大概从小到大，有这样完美的哥哥在前，方柯做的每一件事，对周围的人而言，都不会再存在惊喜吧。

当时间久了，他或许就变成了现在的样子，他有他的世界，不再需要世界的认同。

就在每个人都在屏息着听方潜的发言时，魏南玄却开始少见地走神了。

这一刻，她突然很想看看方柯的脸，因为她是班长，必须站在队伍的最前方，而方柯因为个子高，都是站在队伍的最后，所以，她无法在众目睽睽之下，回过头去。

然而，其实可以想象，方柯的表情，应该还是那样淡淡的吧。

永远也没有开怀大笑的时候，甚至连微笑也没有，多数的时候，根本没有表情，而少数的时候，表情是有些讥讽的、冷笑的、暴躁的、不屑的、不耐烦的。

她默默地看着台上的方潜，那样美好的一个人。

第一次，她竟然在心里对方柯少了一些畏惧，多出一些自己也说不清楚的柔软和体谅来。

"南玄。"

南玄回过头去，发现方潜赶了上来。

他今天是全校最耀眼的焦点所在，几乎是同时，齐刷刷的目光从四面八方把他包围。

南玄有点窘迫，站定了礼貌地叫他："方潜哥哥。"

方潜在她面前站定，微笑着朝她轻眨了一下眼睛："南玄，一直没机会感谢你上次救命之恩呢，要不晚上请你吃饭吧。"

南玄吓了一跳，连忙摇手："不用了，我只是……"

她想说只是顺手做了件好事，又觉得不妥，顿时脸都红了。

这样想来，那天方潜落水，真的是个意外吧。

眼前的方潜，那么的温润如光，那么的自信谦和，无论如何，都不像是会轻生的人。

其实，那天以后，南玄心里一直隐隐有过这样的怀疑和担忧，但现在终于释然了。会产生这样的错觉，大概是因为那天在水下，第一眼见到的方潜，他对于死亡在眼前的那种淡漠和麻木状态吧。

现在她几乎可以肯定，那时的方潜只是昏迷了，毕竟，清醒的人谁能在溺水后，竟然毫无挣扎呢？

定了定神，南玄不好意思地笑着："我要回家给我弟弟做晚饭。"

要是唐姨知道她在外面吃饭，没有按时回去做家务，那可惹了大麻烦。

身后传来一个冷冷的声音："她不去就算了。"

方柯不知道什么时候站在了她的后面。和方潜今天的一身黑色英挺西装风格不同，方柯穿着宽大的休闲连帽衫，把帽子拉起来罩在头上，隐在其中的白净脸庞显得更加幽深俊美。

今天明明是该穿校服的日子，他倒是又一如既往地任性了。

南玄注意到，这兄弟俩今天穿了同款运动鞋。原来西装也可以搭配运动鞋，而且这样正式又随意，时尚又好看，她蓦然间出了一下神。

看到她没有立刻回答，方柯更加明显地露出一脸不悦来，了解弟弟的方潜立刻圆场道："这样吧，我请你们去那边吃一碗花婶的麻辣烫，不会耽误太久的。南玄，我这样的大好青年的一条命，怎么也得值碗麻辣烫吧？你可不能再推辞了。"

他的刻意自黑让南玄感到亲切，她不好意思再继续推辞。

花婶的麻辣烫，在夏栖镇还挺有名的。

年轻丧夫的花婶，带着女儿开了这家小铺，开始就架了一口卤锅，来吃的人都围着同一口锅拿那些已经煮好的串儿吃，后来来吃的人越来越多，花婶的卤锅已经增加到四口了。

南玄他们围着其中一口锅坐下，她看着对面西装革履的方潜和一脸漠然的方柯，觉得他们在这个环境里格外打眼，难怪四周的食客纷纷向他们投来各种探究的目光，让南玄越看越觉得有趣。

方潜倒是不在意周围的眼光，他语调轻松地说："早就听说花婶家麻辣烫在镇上是一绝，一直没机会来试试，小木肯定也没来过吧？那南玄得给我们介绍介绍哪些好吃了。"

南玄不好意思地摇头："其实我也没来过……"

她也曾经无数次走过附近的路，闻到空气里那些食物诱人的香气，可是，每次她都会加快脚步走远，因为知道，那样的世界，是不属于她的。

方潜有些意外地哦了一声，善解人意地没有再继续追问。

倒是南玄有些好奇："小木是谁？"

方潜微笑着搂了一下方柯的肩膀："小木是方柯的小名。"

他话还没落音，方柯已经顺手操起之前已经捞在碗里的一串海带，准确地塞进了哥哥的嘴里。

"快吃。"

南玄轻轻笑出声来，她赶快也低下头吃自己小碗里的食物。

那从舌尖上传来的又香又辣又烫的滋味，像是久违了的热情拥抱，让她的心头，仿佛一下子开出了一片灿烂的花海。

她小口小口地吃着。

恍然间，这街边热闹的人声，大锅里咕嘟咕嘟欢快地冒泡，让身体和心都温暖起来的好吃的食物，放学后不用急着赶回家做家务的一点点休闲，还有对面坐着的如邻家哥哥一样和她闲聊的方潜，以及会让她害怕却又会让她期待的方柯……

这一切的一切，都像一场美梦，在她猝不及防间，突然推至面前。

过了一会儿，方柯的手机突然振动起来，他放下筷子，看了一眼，接了起来。

听了几秒，他挂断电话，朝正在忙碌的花婶喊道："花婶，来这桌买单！"

方潜一边拿出纸巾分给南玄，一边用探究的目光看向弟弟。他知道，方柯虽然一向不给人面子，但不是故意胡闹的人。

方柯却径直绕过桌子走到南玄面前，一把抓过南玄放在身边的书包。

"跟我回去一趟。"他冷冷地说。

"怎么了？"看到南玄吃惊的表情，方潜不忍心地拍了拍她的头。

方柯晃了一下手机："她爸叫她过去。"

南玄的心一沉，她第一反应是爸爸出事了，顾不得多问，立刻拔腿就要往方家跑。

恰好一辆电摩从她身边急擦而过，方柯眼疾手快，猛地伸手捉住她的手臂往回一拉，生生避免了她被刮倒。

"魏南玄，你找什么死？你爸又没出事！"方柯吼出的话虽难听，内容却是让南玄安心的。

也许是因为生气，方柯紧紧攥着她的手，力气之大让她有些生疼。

南玄抱歉地低头说对不起。

在方家的大厅里，唐笛花黑着脸坐在沙发上，魏锋站在一边，方家老人估计已经被搀进房间休息了，并不在场。

"我不管，你总得每周回去住一天，不然就把这份工辞了。这一个月到头自己男人也不在家睡一晚，叫什么日子？"

魏锋重获工作机会，且收入不错，一下缓解了家中经济压力，对于这个变化，唐笛花原本开心的，但是很快她就发现，不能随时看到魏锋的身影，她的心里更加空虚难受。

这比家里穷困得揭不开锅更让她难受！

这个男人啊，当年，他就是去了大城市念书，她一年见不着他两次，渐渐地，他就变了心再也不回来了……

"笛花，我和你说了很多次了，老人这里一刻不能缺人……"

"那没雇你以前，他们就不活了？我看你就是找借口想甩了我！"

"我现在也可以选择不雇他，换别人。我开的工资，足够从城里请个二十四小时专业看护。所以，不要在我爷爷奶奶家里撒野，滚远一点。"

冷冷的声音，像是空气里射出来的箭，这箭并不毒辣，暗含的力量却足够让人从手指凉到心。

唐笛花跳了起来，抓起桌上一个骨瓷杯子就想往地上砸，然而手才扬起，却蓦然间顿住在了半空中。

那说话的少年的眼神，竟让她不敢再多一分放肆，仿佛这一砸下去，后果就不是她所能承受和预料的了。

她突然明白了，为什么魏锋根本不敢和他这个少东家直接提增加休假时间的事，而要她过来演这一出。

她原来只知道这少年是南玄的同班同学，对于南玄，她早就拿捏惯了，所以她忘记了，人和人，是不一样的。

何止是和南玄不一样？即使是电视上那些大人物，恐怕也没有几个，有这样吓人的气场。

在方柯的身上，即使她如此粗鄙不堪，却也能清楚地看出，眼前的人，身上没有一丝一毫的气息，叫作妥协。

繁花盛开的夏天

献给爱丽丝

— *Chapter16* —
summer

我僵尸脸？

我笑给你看看。

南玄拿着拖把在拖地。

她拖的是方家小楼的地。

上周，因为唐姨的大闹，爸爸不得不向方家兄弟提出每周日得回去住一天，方潜倒是好说话，方柯却一口回绝。

"我出了远远高于这个镇子的平均工资的价钱请人来照顾我爷爷奶奶，不是为了做慈善的。你可以选择立刻走，我也可以选择立刻换人。"

小小年纪，说出的话冷得能噎死人，一点人情味都没有。

南玄看着爸爸一脸为难的可怜样子，脱口而出："每周日我在这里代爸爸的班，可以吗？"

她没钱上补习班兴趣班什么的，周日反正也是在家复习。

她知道，这份刚刚开始的新工作，这种看到一线光明和新生的感觉，对爸爸来说，是多么重要。

她不能让爸爸失去这份工作，也不能让他失去唐姨和球球。

看到方柯蓦然变得更冷的目光，南玄咬了咬牙，鼓起勇气："其实，我做饭菜还不错，按时喂药什么的我都可以……我能好好照顾爷爷奶奶的……"

方柯还没有出声，方潜却在边上轻轻笑了起来："好啊，南玄，我还挺想吃吃看你做的菜呢。"

他的声音温暖又抚慰，像金色的阳光一样，每一次，都能让南玄有一种想落泪的感觉。

世界上，怎么会有方潜哥哥这样美好的人呢？

"是吗？"方柯清淡无波的声音，则永远让人从春天又跌落回寒冬。

"方潜这么一说，我也挺好奇。"

所以，在方家工作的第一个周日，她的表现，是至关重要的。

一大早，她就跑过来接了爸爸的班，然后给方爷爷方奶奶准备了早餐，扶他们起床吃完，安顿在东向的阳台晒晒太阳，她就开始收拾房间。

还只忙了一会儿，就听到大嗓门的方爷爷叫唤了起来："老魏！老魏！"

南玄赶快跑过去，冲着方爷爷的耳朵大喊："方爷爷，我在这儿，我是小南！"

"哦……是小南啊。老魏的女儿！"像是突然想起来一样，方爷爷高兴地笑了，"小南上几年级了？"

"不是和小木同班嘛！"方奶奶大声接话。

她伸手招呼南玄靠近点，一只手疼爱地搂住南玄，一只手在自己的口袋里掏来掏去，竟掏出一颗奶糖来。

"来，奶奶给你吃糖。"她笑嘻嘻地把糖塞到南玄的手里。

"小木怎么了？"方爷爷耳朵听不清，大声嚷嚷，"咦，这是什么味儿？"

他突然一拍大腿："小南！快扶你方奶奶去厕所，她刚才说要大便！"

一阵忙乱过后，两位老人舒服地靠在躺椅里牛头不对马嘴地聊起了天，南玄看着他们花白的头发和满是皱纹却也满是笑容的脸，心里有着满满的感动。

她加快速度把地板都清洁完，又开始一间间整理屋子。

方潜的房间和方柯的挨在一起，都在三楼。

因为方潜不常来住，所以房间简单素净。床上也已经整理得井井有条，床单没有一丝褶皱，整个房间里几乎没有一件多余的东西。

南玄飞快地把桌上地上擦了一遍，又来到了隔壁方柯的房间。

方柯的房间里，就比方潜的房间多了许多生气，也拥挤了许多，但依然算是干净整洁。

书架上满满的书，墙角的筐里放着的几个篮球，银色的笔记本电脑，深蓝色的素色床单，地板上的一双棕白条布拖鞋，都让这个房间充满了少年特有的清新气息。

南玄一边收拾一边想，住在这个房间的方柯，似乎才像是一个高中生，而平时在学校里见到的那个他，却像是少年的身体里住着一个固执的老头子。

她这样想着，自己也没发现自己竟然微笑了起来。

当她收拾到书桌上时，她意外地发现桌上摊开的书不是她所熟悉的那些教科书，竟然是她完全看不懂的一些全英文的书籍，似乎是什么教程，还有一些桌上散放的草稿纸，上面是一些手绘的图表和数据。

那正是方柯的字迹，他的字刚劲有力，笔锋凌利，自成一体却又大气浑然，她早已熟悉。

她好奇地扫了几眼，内心里不禁升起一种从未有过的自卑来。

虽然她已经很努力，成绩在这个小镇里也一直是佼佼者，但，这个小镇毕竟太闭塞了。

她这一点点能力，有一天就算到了外面的世界，是不是仍像井底之蛙呢？

她，还会有飞出夏栖镇去看一看外面广阔的蓝天的机会吗？

怔忡间，手上无意识地碰到了书架上的一件东西，那东西一下子掉了下来，砸到她的右肩上，疼得她倒抽一口冷气。

她手忙脚乱地去拾捡，却发现原来是一架红色的铁皮飞机。

那飞机制作得很简单，有些上漆的地方已经略为掉色，看起来已经有些年头，但却依然精致美丽，仿佛随时可以骄傲地飞向天空。

"魏南玄，你在做什么？！"

方柯的声音突然在门口响起，吓得南玄手一抖，差点把飞机再次摔到地上。

"南玄在帮你整理房间呢，你别吓人家。"方潜的声音紧随其后回答方柯。

方潜哥哥，他总是温暖的、友好的。

南玄有些羞愧，她发现方潜都看出来了，最近，她对方柯那种莫名的躲闪情绪好像越来越严重了。

只要他一说话，她就会有一种受惊的感觉，好像是做什么错事被他抓到了一样，心跳加速，手脚发凉，话也说不好。

她以前明明不是这样的。

"你爸爸难道没有告诉你，我的房间，是不需要别人整理，也不允许任何人进来的？"方柯上前一步，一把夺过她手里的铁皮飞机，语气咄咄逼人。

原来是这样。

可是，爸爸好像真的忘记告诉她这件事了。

南玄为自己的羞愧找到了理由和出口，看来，真的是她做错事了，所以才会这么紧张吧。

方潜顺手就把方柯手里的飞机给拿走了。

"南玄，这架飞机是不是做得很好？这是我十五岁的时候做的，做了两架，我们兄弟俩一人一架。"

他成功转移了话题。

"原来这是方潜哥哥自己做的？好厉害。"南玄由衷地惊叹。

"是啊。"方潜笑着看了一眼方柯，两人的身高已经非常接近，但在他的眼里，方柯却始终还是那一年追着他要一架飞机的可爱弟弟。

"但是上色工序是小木做的，你看，那年他才十岁，上色上得多好。他自己这架是红色的，我那架上成了蓝色的。"

南玄不禁扭头看了方柯一眼，方柯却别扭地把脸扭向了墙。

"来，小南，你的活都忙完了吧，你到楼下客厅来一下。"方潜自然地把对南玄的称呼改成了小南。这本是长辈们对她的称呼，第一次从平辈嘴里叫出来，让南玄觉得特别温暖，也有一些异样的开心。

南玄跟着方潜来到客厅,刚才收拾客厅时,她把之前她做的那个小花束清理掉了,因为已经枯萎了。

她想着下周过来的时候还可以带一束新的过来插上。

她却没发现方柯扫了一眼空空的花瓶,眸色又微微敛了一下。

方潜走向客厅的一角,他的身形洒脱而从容,他回头招呼南玄说:"小南,来,陪我练段琴吧。"

南玄怔住了,她以为方潜叫她是有什么卫生要她做,可他竟然说练琴。

"琴?"她迟疑地反问。

"嗯,你也学过钢琴吧?"方潜微笑着掀开琴盖。

他用眼神阻止了方柯的疑问,只伸出手来示意南玄走近钢琴。

那天一起吃麻辣烫的时候,他就敏锐地发觉了这个小镇少女的手指似乎总是无意间在膝盖上如弹琴般轻轻跳跃,虽然是极小的动作,或许连她自己都没有发觉,但方潜知道这些细节往往是一个人内心深处压抑的渴望。

魏家那天的一闹,更让他猜出了这个女孩儿在家里的处境。

她就像一朵在岩缝里努力生长出来的小花,也许头顶没有星星,没有月亮,没有一丝光,她也不知道未来的方向,然而,即使是在睡梦里,她也没有放弃过对于生长的渴望。

她让他感到隐隐的心疼。

也许,还因为他们之间那段特殊的渊源——她救了他的命。

他至今仍能记起,在将醒未醒之时,那双纤细的小手急切地用力地按着他胸膛的感觉,以及第一眼映入眼中苍白的小脸和明亮的双眼。

救命之恩,在古代,可是要以身相许的。如果他是神灯里的魔鬼,大概实现她所有的愿望，也不过分。

　　只是，他现在依然自身难保，只能赠她那么短短几分钟，能实现小小愿望，那也是礼物吧？

　　方家的客厅一角，确实放着一架钢琴，因为方柯也学过钢琴，他被送到夏栖后，方潜就叫人也送了一架琴过来。

　　南玄搞卫生的时候仔细看过，那钢琴是很好的牌子，音色也一定特别好听，可是，她却不敢伸指轻敲一下那些黑白按键。

　　小时候，妈妈还在身边的时候，她也曾经学过几年钢琴的。

　　妈妈是舞蹈演员，希望女儿也和自己一样深具艺术气质，小的时候，每个周末无论刮风下雨，妈妈总会骑着一辆自行车载着她，奔波在学琴和练舞的路上。

　　渐渐地，她开始有了自己喜欢的曲子，再后来，还能在学校的舞台上参加一些小小的演出。

　　她还记得自己一年级就上台弹《献给爱丽丝》，那个时候，听到台下如雷的掌声，她是多么骄傲呀。

　　可是，自从跟随爸爸来到了夏栖，她就再也没有机会，摸过一次钢琴。

　　是不敢去奢望的旧梦，是想了会痛的旧梦。

　　已经这么多年了，明明她已经学会了不去触碰那些小记忆，可是为什么，最近却时常会想起会难过呢？

　　南玄没能明白方潜为什么会知道她学过钢琴这件事，她只是带着一种陷入回忆的迷茫心情，缓缓地走近那架钢琴。

　　手指轻轻地放在那些冰凉的琴键上，黑色的，白色的，指节屈起，用竖起的指尖干净利落地敲下去，发出一个悦耳的音……

方家的客厅里，突然响起的一个琴音，像夜空中炸开的一朵烟花，开启了南玄尘封了多年的心。

"对不起……我都忘了谱了……"

仿佛惊醒过来一般，她迅速用力地把眼泪咽了回去，不让人看出来，再抬起头不好意思地笑着对方潜说。

方潜有些意外地看着她，刚才那一瞬，他几乎以为她已经哭了，但是，她竟然没有。

"方潜哥哥，我得去摘菜了，爷爷奶奶等会儿该饿了。"

朝他们微微躬了躬身，南玄飞快地跑进了厨房开始忙活中午的午餐。

留下方家两兄弟站在钢琴边。

方潜怔了两秒，微笑着摇了摇头，自己坐下开始弹奏。

《献给爱丽丝》。

方柯站在他身边，在他弹得正顺时突然出指，敲断了他的一个节奏，让完美主义的方潜被迫停了下来。

"哥，你对魏南玄，好像特别关心啊？"方柯毫不客气地问哥哥。

"小南是个好女孩儿，你也不要总欺负人家，听说她还是你同桌，这两年估计没少受你的罪。"方潜拍了一下弟弟的手，示意他把手从琴上拿开。

"我欺负她？我和她可没有任何交集。"方柯反驳。

"都同桌两年了，还没有过任何交集？小南每天看着你那张僵尸脸可能饭都少吃了一碗，难怪这么瘦。"

"我僵尸脸？我笑给你看看。"

"别别别，别吓我。"

在厨房里忙着摘尽青菜上的黄叶的南玄，听到外面的客厅里依稀传来方家兄弟俩的笑声。

她并没有察觉，自己的嘴角，竟也少见地微微上扬了起来。

繁花盛开的夏天

你在怕什么

— *Chapter17* —
summer

这是我送你的第二束花，
它的名字叫，心动。

　　"夏雪，我们不写了好不好？"南玄可怜巴巴地哀求。

　　"不行不行，说好每周一封的。南玄你答应我的，我要让方柯把看到我的信变成一种习惯。你知道吗？一个人如果形成了习惯，倘若突然有一天信没有按时到达，他就会开始不安，开始想念……"

　　夏雪说着说着，就开始沉浸到了自己的幻想中。

　　南玄愁眉苦脸。

　　夏雪的情书计划进行到了第四周，原谅她实在已经不知道该写些什么了。而且现在她每周日都要去方家做事，尤其这一周方潜已经回去了，她经常要独自面对方柯，心理压力真的好大啊。

　　这种压力，大概就叫贼心虚。

　　她总觉得方柯看她的表情好像已经洞悉了这个小秘密，害她这两次放信的时候都觉得自己要心脏病发作了。

　　奈何夏雪根本不能理解她的这种感受，完全不肯放过她。

"魏南玄。"

听到方柯的声音在身后突然响起，南玄和夏雪都吓得如兔子般猛跳了起来，夸张的反应把刚想走近她们的方柯给惊了一下。

他不满地看着这两个如同见了鬼的表情的女孩儿，微微皱起了好看的眉毛。

"魏南玄，你跟我来一下。"他才懒得管她们是怎么回事。

"啊？"南玄的心还在怦怦直跳，一时没回过神来，还在想着刚才和夏雪的对话他是不是听到了。

"你跟我来。"方柯不耐烦地重复。

这个魏南玄最近是怎么回事？越来越夸张了，他都主动和她说话了，她就不能配合一点？一脸警惕的样子，弄得好像他对她心怀不轨一样。

"哦，对不起。"南玄也意识到了自己的失态，她暗暗深呼吸调整状态。

"夏雪，我过去一下。"她回头对夏雪说。

夏雪一脸狐疑的表情盯着她。

看到方柯已经自顾自走远了，南玄也顾不上和夏雪解释，只得匆匆追了上去。

"那一天……"南玄努力地回忆起来。

和方柯一起并肩走在夏栖的林荫小路上，不远处，就是隐隐可见的青山，流动的空气带来夏栖水库边花朵们的清香，这真是非常特别的体验。

方柯却并没有感受到这些。

他今天找南玄，是因为一些事不方便在学校里问。

但他始终有一些疑问想要从她这里得到答案，就是关于那天方潜溺水的情形。

或许别人会相信方潜那天只是意外，然而，他却不敢这么轻易相信。

方潜在他的记忆里，曾经留下过一道很深的伤。

那是在方潜上大学后的头一年暑假，方柯在外面打完篮球回来，照例路过哥哥的房间时踹了一脚门，却没有听到方潜一如往常的笑骂回应。

他有些意外地想方潜是不是出去了，却隐隐听见门里似乎有水声。

方潜是一个有着极为规律的生活习惯的人，从很小开始，他的每一天，都像是被魔法兔子定好的时钟般，一格一格按部就班毫无意外地走着。

比如，这个时间，他的房间里，是不应该有水声的。

后来想来，当时的方柯，如果急着回房冲澡，或者粗心一点，大概事情就完全不一样。

但方柯却莫名地产生了一丝不安，于是推门而入。

他寻到了虚掩的卫生间。

然后，他就看到了那一幕。

闭着眼睛脸白如纸的十九岁的方潜，像一个坏掉了的美丽人偶般，漂浮在一池鲜红的浴缸里。

一直微笑着，如同阳光一样温暖，仿佛永远不会有阴霾的方潜，终于不再笑了。

那一次，因为方柯的及时发现，方潜死里逃生。

也是那一次，抱着方潜冰冷的身体时传过来的彻骨寒气，仿佛就此侵入了方柯的骨里。他终于知道，看似一团糟的自己也好，看似完美无缺的方潜也好，都不过是这个家里不够快乐的玩具。

只是，面对这样的命运，方柯选择了用叛逆来反抗，而方潜学会用微笑去伪装。

脱险以后，方潜得到了一张令方宝剑完全看不懂也不愿意面对的专业心理医生开出的诊断书：边缘性人格障碍引发抑郁症。

方宝剑愤怒地把诊断书撕成了细碎雪片。

他那么阳光开朗自信优秀的大儿子，怎么可能得这种病？抑郁症？笑话！

他宁愿相信方潜不过是被鬼上了身，他撞了邪！

他甚至托人找来了各路大师，在家里泼狗血开法场，为方潜驱魔。

奇怪的是，方潜自那次以后，好像真的又恢复了正常。年复一年，他似乎在努力表现得更好，让大家淡忘那一次的阴影。

方宝剑满意极了，他更加确信自己的判断。

是的，他优秀的儿子方潜什么病也没有，那次，只是一个意外。

唯一不相信那是意外的，只有方柯。

以前，他一直以为，方潜是强大的、毫无裂缝的、不需要任何支持和保护的，他那么美好、那么自信，被每一个人所喜欢着，就算这个星球上的每个人都会孤单，那也不该轮到他。

但现在，他知道了，比起他来，方潜才是那个最需要保护的人。

从此，无论哥哥身在多远，表现得多正常，他都保持着每天和方潜通一次电话的习惯。当年的一幕，对他的震撼冲击太大，令他始终坚信，方潜依然只是在掩饰，掩饰他的脆弱、危险和不安。

全世界都不相信，也没有关系，就算只有他一个人，他也要守住方潜。

他们是真正的血脉相连。

"那天……方潜哥哥，好像有点奇怪。"南玄回忆着，有些迟疑，怕自己说错了。

"为什么？"方柯问。

"就是……当时我发现有人溺水，跳进水里救人的时候，我看到方潜哥哥正在下沉。"南玄小心地斟酌着用词说，"但是，他看上去好像昏迷了。溺水的人不是会大力挣扎吗？但是他一点都没有，他特别安静、特别放松，就和睡着了一样，一直那样慢慢往下沉……"

她努力想找一个更贴近的形容。

"对了！"她突然眼睛一亮，"有点像是一个布娃娃落到了水里！"

她为自己终于说清了那种感觉而有点高兴，不由得又补充了几句："我一眼看到的时候，其实觉得有些吓人，像一个巨大的布娃娃……"

她说像个巨大的布娃娃。

和那一年，他在浴缸里见到的方潜，是一样的感觉。

没有生命气息的，美丽的人偶娃娃。

方家有意在夏栖水库附近投资度假村，方潜过去散步顺便看看的理由当然很合理，但是，说失足落水，方柯却无法不产生怀疑。

治疗方潜的医生曾说过，边缘性人格的成因非常复杂，多数发病于成年后，表现也因人而异各有不同，有时会做出这些危险行为的当事人自己，也是处在情绪完全失控的状态下。

因此他们清醒后，会下意识地试图掩盖事实。

这次的溺水事件，说明继那一年以后，方潜的病，或许又一次悄然发生了变化。

这恰好是方柯最担心，也最害怕的事情。

那是他所不能允许，不会接受的变化。

在那个并不太美好的家里，父亲凶暴蛮横，母亲懦弱无知，只有方潜，他给他的弟弟取了小木这样温暖又乖巧的名字，然后在自己还是个孩子的时候起，就用最温暖的怀抱和最温柔的呵护，守在他的身边，陪着他一天天长大。

没有人知道，方潜对他而言，意味着什么。

他是父亲，也是母亲；他是兄长，也是朋友；他是信仰，他是阳光。

他是小木也同样愿意付出生命去守护和交换的人。

这一切，习惯了用外表的冷漠来掩饰自己的方柯，什么都不会说出口。

但他知道方潜一定也懂。

这一生，就算是追到地狱，他也不许方潜做一个逃兵。

他们都得在这个辛苦的世界里，相依为命地继续活着，努力活着。

南玄看到方柯停下了脚步，她也停了下来。

方柯的表情其实并没有什么变化，但是不知道为什么，南玄却觉得，在刚才的那一瞬间，他的表情里，有一些很悲伤却又很温暖的东西掠过。

那些东西，使他整个人变得闪闪发光。

而他，却是不自知的。

"对不起啊，我爸的事，给你带来了麻烦。"想了想，她还是决定正式道个歉。

"哦。"怔了一怔，意识到她是在解释周日代班的风波，方柯应了一声。

他想了想又有些别扭地补充："反正我爷爷奶奶也高兴看到你，跑上跑下的热闹。"

南玄有些开心地抿嘴笑了。

她知道上次的事侥幸过关不容易，不过，幸好在爸爸的用心调理下，方家爷爷奶奶的身体状态最近都稳定了不少，这让南玄减少了一些内疚不安，也让方柯的脸色舒缓了一些。

他们之间，这似乎还是两年来第一次，面对面地正常地说着话，聊着天。

"魏南玄。"方柯突然叫她的名字。

"啊？"南玄有些茫然地回应道。

似乎是她的错觉，方柯的脸色有些怪怪的，像在做什么别扭的决定。

下一秒，她却猛地落入了一个强硬而不容拒绝的怀抱里。

她的耳朵里嗡的一下炸响了，全身都僵成了一块石头。

"就是，谢谢你……救了我哥。"他也说不清楚为什么，就是突然想对她这样。

他的语气听起来一点也不温柔，甚至比平时更加冰冷和强硬，但动作却一点都不含糊。

一定是因为感激吧……

他这样对自己说：他是真心感激她救了方潜的。

意外的是，他这么做了以后，怀里的女孩儿并没有任何的激烈反应，既没有用力地推开他，也没有失声惊叫，甚至都不曾出言询问。

方柯有些好奇地低下头去，他怔了一下，发现魏南玄竟然紧闭着眼睛，双手攥在胸前，呈现出一种有点好笑的姿势。

她似乎在用尽全力地控制着自己，控制着表情不发生变化，控制着身体的稳定，而这种异常的用力，使得她微微发抖。

　　他听不见她心里疯狂尖叫的声音：不，这是危险的，这是不能够的，这是烈火，会把她容身的那一方寸土，也崩坏于茫茫大海。

　　推开他，现在就动手。

　　但是，她怎么动不了呢？

　　方柯感觉到了怀里的南玄异常急促的心跳。

　　忽然间，他发现自己的心跳竟然也在加重加快，这是一种他所陌生的感觉，让他无法再对此情此景有轻慢和调笑之心。

　　"魏南玄，只是感谢你而已，你怕什么？"他放开双手，想让语气轻松一点，但却听到自己的声音，竟然有些微微的不淡定。

　　南玄什么也不回答，飞快地落荒而逃。

　　而在他们都没有注意到的马路另一边，背着书包的顾念乔一动不动地站在那里，她的身边，是满脸担心的张佳伟。

　　自从那次从葛明薇手里脱险后，张佳伟就开始每天上学放学寸步不离地守护着阿乔，生怕她再落单遭到报复。

　　奇怪的是，葛明薇最近竟然没有再出现了。

　　这实在不符合她一向有仇必报的风格。

　　不过，比起葛明薇，阿乔对方柯的执念，对张佳伟则是另一种担心和折磨。

　　只身犯险，试图诱使方柯"英雄救美"的计划彻底失败后，阿乔似乎受了巨大打击，性格有些变了。

　　她原本是一个明朗活泼善解人意的女孩儿，而最近却变得有些疑神疑鬼脾气暴躁。

　　她总是怀疑方柯拒绝自己是因为他喜欢其他的女孩儿，在她眼里，方柯周围的任何女性，都是可能的假想敌。

　　而亲眼目睹到一向独来独往的方柯竟然和魏南玄一起散步回家，两人还有说有笑表情温馨，最后竟然公然在街上拥抱，似乎一切完全证实了她之前的担心与猜测。

　　原来她不是不够好，只是他不想要。

　　看着魏南玄跑开，方柯在原地站了片刻，也渐渐走远。

　　顾念乔突然弯下腰，扶住身边的一棵树，剧烈地干呕起来。

　　她的脸似乎窒息般涨成了痛苦的红色，手指用力地抠住树皮，指节泛出有些骇人的青白色来。

　　张佳伟吓坏了，拼命地拍着阿乔的背，又迟疑了一下，似乎想伸手抱住她，却被她用力地一把推开。

　　阿乔的眼泪流了出来，有几滴恰好滴在他的手背上，像火一样烫，仿佛比燃烧的烟头按在皮肤上时还要痛上几分。

　　张佳伟知道，阿乔在伤心。

　　这样剧烈的不甘的伤心。

　　他只觉得脑袋里嗡嗡作响，胸口一股恶气横冲直撞，找不到可以突围的地方。

　　这口恶气不知道从何时开始，已经在他的身体里滋长，他想要忽略，也想要逃避，但最终，它只狞笑着，变得越来越强。

　　他的眼前，仿佛又浮现出初次交手时，黑衣少年那冷冷的充满讥诮的眼来。

　　还有带着呛人的风，迅速灌满他鼻腔的血气。

　　原来，时间并没有带走不甘和怨恨，而是成为它的土壤。

繁花盛开的夏天

罪恶的土壤

— *Chapter18* —
summer

无论夜色多深，
那一座一座的小屋里，
都会亮着鬼火一般的灯光。

　　空气里，混合着大片农作物和湿润肥沃的土地结合产生的特有的混沌的香气；黑夜里，月亮成为慈悲的眼睛，星星成为调皮的精灵，让夜空下的一切都变得温柔可亲。

　　在这让人麻醉的安宁里，有许多罪恶正在角落里悄悄发生。

　　张佳伟疾步快行着，两旁的树木和田地都在快速倒退，像一些被他决心抛弃的破碎风景。

　　这条路，他之前走过数次，开始是饿得受不了，前来找寻爸爸，后来是被爸爸带着过来给赌场忙碌时帮忙。

　　在这里，他见识过暴力，见识过狡诈，见识过卑贱，见识过兽性。

　　那是他妈妈临终前紧紧拉住他的手泣声要他远离的生活。

　　而今，他终于第一次，不是迫于爸爸的压力，而是自己心甘情愿地一只脚迈进了这里。

　　连绵的青山下，曾经安宁和煦的小村子，现在已经变了模样。

　　无论夜色多深，那一座一座的小屋里，都会亮着鬼火一般的灯光，一阵阵掺杂着奇怪的变调的激动声浪，从每个窗子里飘出来，起伏着、汹涌着，将这山村的夜，变成了一块日久年深无法洗净的抹布，脏得看不清色彩。

　　村头曾经的一块好麦田，早已填平变成了水泥坪，现在是各种小车的停车场。

　　一辆辆不知道从哪里来的轿车，也不知道轧过了多少山野的污泥，终于来到了这里，然后它们停下，静静地熄火等候，等主人们尽兴狂欢后再驾驶它们离开。

　　来到这里的人，多是附近村镇和县城里发了财的人，他们文化程度不高，根就扎在这方土地，手里有了一些钱，却也去不了更远的远方。于是，名为斧头哥的黑道老大就模拟着外面的世界，给了他们一个他们所能想象到的最迷乱最疯狂的消费场所。

　　在这里，他们醉生梦死。

　　而原本生长在这里的村民，有的被污染成为这杂色中的一部分，有的远走他乡携妻带子再不归来。整个北夏村，现在只有靠山脚下的几间房，是一些年过半百生活无法再有变化的留守老人还在正常居住着，其他的地方，都已经是斧头哥经营的声色场地。

　　"哟，小伟哥，今天什么风把你吹来了？"

　　新染了一头金发，绰号油条的马仔从一大团烟雾里冲出来准确地揽住了张佳伟的肩，脸上是千年不变的油腻笑容。

其实这人年纪比他爸还大，却成天穿着自认为最潮款的鲜艳衣物装少年，奇怪的是，场子里竟没有人敢嘲笑他，因为听说此人心理极其冷血变态，令正常人都惧上几分。

张佳伟忍住了甩开那只手的冲动，他自知在学校里他还能唬唬同龄人，在这里，他就是一只小得不能再小的虾。

"油条哥，我想见见斧头哥。"他堆起笑说。

"你过来做什么？"油条还未回答，熟悉的声音已经响了起来。张佳伟的爸爸张兵皱着眉头走过来，看了看他身上的校服，又转身对身边的人点头哈腰，"斧头哥，是我儿子。臭小子又来要钱了。"

张佳伟突然甩开油条的手冲上前大喊："斧头哥，我不是来找我爸的，我是来找你的！"

他虽然这几年被爸爸拉过来帮过不少忙，却没有和斧头哥说上过一句话，对于这个让爸爸无限崇拜的神秘人物，他一直心存害怕。

但是今天，他却主动冲了上去。

"臭小子，你是不是皮发痒了？"张兵对儿子出乎意料的举止感到愤怒，下意识地伸脚就踢。

斧头哥却喝止了他。

斧头哥是个光头的胖子，额头闪闪发亮，两颊丰满，挤得眼睛很小，加上眼里隐隐透出的凶光，即使在笑，也是瘆人的模样。

张佳伟喉咙发紧，舔了舔自己的嘴唇，上前一步，附在斧头哥右耳边："斧头哥，我来向您报告一桩好生意。"

"哦？"斧头哥饶有兴趣的样子，瞄了一眼在一旁阴沉着脸的张兵。

"是这样的。我有一个同学，外地转学来的，家里非常有钱，如果斧头哥对他有兴趣，我可以把他约出来，我和他关系不错。如果留他在这里住几天，他们家肯定愿意拿巨款来接他回去。"

这些话，他来的路上，已经想了很多遍，觉得很完美。

斧头哥果然眼睛亮了亮："巨款？多少？"

"这……"张佳伟有些犯难，他家太穷了，对于钱，他根本没有多少概念，他只知道方柯家里有钱，但是有多少钱，他却是一片茫然。

"十万……五十万……一百万？"他看着斧头哥的脸色没底气地猜测着。

"是个好主意，你那同学，和你关系很好？叫什么名字？"幸好斧头哥没有怪罪他，只是笑眯眯地拍了拍他的肩表示欣赏。

这让张佳伟虚出一身冷汗："他叫方柯，夏栖镇有名的方家，我们关系好着呢，我叫他出来玩，他肯定能来。"

"你先回去，我这边安排好了，给你消息。"

"但是……"张佳伟一咬牙，"我把人给您弄来，事成后，我和我爸要分一半。"

这句话，才是所有话的关键，也是决定他生死的关键。

他的脖子都僵硬了起来，担心身后随时会伸出一把砍刀，砍向他的大动脉。

但是，什么也没有发生。

斧头哥平静地点头："行，等我消息。"

看着张佳伟的身影消失在夜的远方，斧头哥拍了拍张兵的肩："我早说过吧，你那死鬼老婆给你留下的这个儿子不错。"

张兵赔笑："太嫩了，还是太嫩了，斧头哥莫怪，回去我抽他大嘴巴子。"

斧头哥连连摆手哈哈大笑："小子有心吃咱们这碗饭，要鼓励！嫩不怕，多操练几次，就老成了。"

油条在边上插话："没想到这小子竟然也打起了方家的主意，胃口还不小，他不知道老大早有安排了。"

斧头哥笑问张兵："那件事安排得怎么样了？"

张兵面露得意的神色："没问题，我已经盯上老卜和他家小子了，一定能照您的计划顺利进行。"

几人相视而笑，身后，传来混沌不清的各色男人女人烟味酒味脂肪味铜臭味的混合气浪，熏得人如坠梦里。

"这次咱们得手后，给你这儿子看看，现今这世界，要混得开，得靠脑子，不能像过去，只靠蛮力了。要搞方家的钱，办法多的是，还不会留下把柄。我们都是些守法的好公民，绑架这种事，怎么能随便做呢？嘿嘿嘿嘿……"

泼洒出来的
彩虹

— *Chapter19* —
summer

是的，她喜欢他。

那并不是，应该羞耻的事情。

　　"球球，你去那边和强强蔚蔚一起玩，可不许再欺负他们，抢他们的玩具了，好吗？"南玄认真地盯着小胖球的眼睛，和他耐心交流。

　　这周六学校不用补课，又是个难得的初冬艳阳天，南玄就带着弟弟球球出来晒晒太阳。

　　转眼球球已经上一年级了，小胖子拉着姐姐的手，神气地走在阳光下，南玄也不用担心唐姨那随时会冒出来的冷冷的目光，心情不由得变得轻松起来。

　　"我保证！"球球的保证，永远是那么诚恳，恨不得把胖乎乎的双手双脚都高举起来。

　　南玄轻轻捏捏他的小脸，无奈地笑。

　　哪一次他不是保证得好好的？但只要一玩疯了，就成了熊孩子一个，到处惹事，害她到处救火。

　　"如果球球这次再说话不算数，姐姐就把球球的牛奶自己喝掉。"她假装威胁。

"汪汪汪汪汪汪汪！"一阵狗吠声由远及近而来，正在这个沙坑附近玩耍的孩子们都被这阵声势浩大不同凡狗的吠声吸引得扭过头张望。

南玄也吃了一惊。

她从来没有见过这么大这么白这么漂亮的狗！

小镇上当然也有狗，但多是一些附近村落里带回来的中华田园犬，镇上的人一般按它们的毛色叫它们小黑小灰小黄，如果按这个原则，眼前正狂奔而来的这个巨大雪球……大概，得叫大大白？

"大大白"转眼就已到了面前，它似乎很喜欢这个沙坑，一张毛茸茸的狗脸笑得见牙不见眼，虽然脖上那条粗粗的皮绳已经被绷得笔直，但它依然欢脱着用两只前爪用力朝前刨去。

"方满月！"

一声颇有威严的低喝，"大大白"立刻紧急刹车，一屁股坐在地上，舌头伸出老长，两只前腿紧紧并拢放在身前，那乖巧卖萌的模样让周围正在遛孩子的大姐大婶啧啧称奇，孩子们更是乐开了花地一窝蜂扔下手里的玩意儿迅速围拢过来。

听到这个声音，南玄刚刚绽放的笑容一下子僵在脸上，她低头就想躲开，却已经来不及了。

刚才完全被大狗吸引了视线，竟然没有留意到牵狗的人竟然是方柯。

他家什么时候有了一条狗？

不不不，现在不是狗的问题，是她的问题。

自从那天方柯突然拥抱了她以后，她的心就完全乱了套，与其说是对方柯的任性而为感到震惊，不如说是对自己的失控更加害怕。

该怎么欺骗自己呢？

在落入他怀里的那一瞬间，她的心里，竟是快乐多过恐慌？

竟然是，希望他不要放开……

再逃避，再迟钝，她也不得不正视自己的内心，原来，她竟然喜欢他。

可是，她怎么会，喜欢上他？

现在的她，哪里有资格，对任何一个人说喜欢？何况是他？

她应该时刻谨记着，她是需要绝对小心才能平安长大的魏南玄，她是一步也不能出错的魏南玄，而他是自由嚣张充满变数和危险的方柯。

他游离在她的世界之外，闪亮任性得有些刺眼。

是这个原因吗？所以才会为他心跳加速，为他方寸大乱？

明天，就要去他家给爸爸代班了，她该怎么面对他？

这样一个为了他礼仪性的感谢拥抱就溃不成军的她，该怎么遮掩自己面对他时不该有的心动与惊慌？

方柯拍了一下方满月的头表示赞许，狗儿用力地摇晃巨大的尾巴享受主人的抚摸。

南玄垂下眼睛故意不看他，拉着球球低声道："球球，我们换个地方玩儿。"

不料球球却已经整个身心都被方满月吸引过去了。

小胖子以排山倒海之势的尖叫功力，摧枯拉朽地迅速扫开围在大狗身边的其他孩子，趁人们纷纷捂耳之时，一个敏捷的飞扑加费力的抬腿，就要眉开眼笑地骑到方满月身上去。

这个熊孩子！

南玄吓到了，一时哪里还顾得上躲方柯，赶快伸手去拉球球。

这狗儿看起来虽然漂亮又温顺，但毕竟个头摆在那里，还是有些让人担心的。

球球刚才还在用手抓沙，手上沾了不少灰土，这一扒一跳的，方满月雪白的毛上就明显出现了几缕黑灰印记，它回头看看不顾一切嗷嗷叫着要爬到它身上来的这个小小人类，似乎有些痒痒地甩了甩身子。

"魏长情！"

南玄简直要被他弄哭了，她从来不叫球球的大名，一旦叫了，就是真的要生气了。

球球也深知这一点，狂热的小胖子终于冷静了一点，恋恋不舍地撒开了手。

"这是你弟弟？"方柯微微皱了皱眉。

"对不起……"她今天根本不敢正视他的脸。方柯本来就比她高出一个头，她一低头认错，眼睛就只能盯着他攥着狗绳的双手，那手指节分明有力，皮肤却又干净白皙，好看得让人心跳。

天啊，这种时候她在乱想什么！

自从成为夏栖镇的魏南玄，她还从来没有一次像这样乱七八糟错误百出狼狈不堪。

她沮丧地想，果然她就预见到了，方柯对她来说，是危险的。

他会让她变得不像正常形态的魏南玄。

"是我弟弟……"南玄丧气地垂下手，"对不起，球球把方满月的毛都弄脏了……"

她简直要为自己叹上十口气，因为她发现，她好像最近一直在对方柯说对不起。

"姐，给我牛奶，给我牛奶！"小胖子又叫唤起来。

南玄赶快从包里掏牛奶，心里暗暗松了一口气，她果然是智商下线了吗？早知道用他最爱的牛奶来转移他的注意力就好了。

"球球，我们……"

"大狗，你喝奶吗？"

她这一口气还没落地，球球已经把他的牛奶杯直接递到了狗嘴边。

"不要。"

"不要！"

方柯和南玄几乎是同时出声阻止，但是意外已经发生了，方满月兴奋地一偏头，巨大的身体噌地站了起来，把球球手上的牛奶杯瞬间撞得脱手而出。

白花花的奶汁全部洒在了方柯的黑色外衣上，触目惊心的一大片。

南玄眼前一黑，差点瘫倒在地。

"对不起……我马上去拿湿毛巾，先给你擦一下。"

唐姨还没有回来，南玄丢下闯祸的球球，冲进浴室拿毛巾。

刚才被姐姐一声罕见的怒吼吓了一跳后安静了片刻的球球，此刻回到自己的家里，又恢复了上天入地的小魔怪本色，尤其看到萌哒哒的威风大白狗竟然跟着他回家了，简直让他乐得满地打滚。

反正已经这样了，方柯索性扔了狗绳，任方满月和那个小胖子滚作一团。

原来，这就是魏南玄的家。

他原本就一直想找机会看一看她生活的地方，看看到底是怎样的环境，让她变成了他看到的样子，这次倒是无心插柳。

方柯不动声色地打量了一下这小小的几居室，信步踱到了阳台门边。

阳台上，并不是普通人家常见的景象，而是放着一张一米宽的小小钢丝床，紧挨着钢丝床的，还有一张同样小得可怜的单人书桌，光秃秃的墙上有几个挂钩，挂着一些最基本的生活用具，在这个小小的空间里，最吸引眼球的，居然是那张床单。

彩色的床单，是一块又一块的布头拼起来的，有的墨绿，有的深蓝，有的淡粉，有的是条纹，有的是格子，还有圆点儿。

它们也许来自不同的地方，曾经出现在不同的人衣裳上，但是此时却如此和谐地被缝在一起，成为一个整体。

倒像是小小的床上，盛开了泼墨般的美丽彩虹一样。

南玄拿着一块拧好的毛巾冲出来，她一眼就看到方柯站在阳台边。

南玄的脸红得像苹果一样，她突然意识到，她在为她的处境被暴露而不安。

不知道从什么时候开始，她竟然很羞于让方柯看到自己的窘迫。其实，自从适应了夏栖的生活，适应了她人生的巨变，并明白无论如何都只能面对后，对于贫穷，她在同龄人中，都不再刻意掩饰。

她也有她的小骄傲。

然而方柯，在她心里，他竟然是不同的。

此刻，她清楚地意识到，自己并不想被他看到她的狼堪、她的软弱、她的卑微。

仿佛这样，她离他的世界，就能不那么遥远。

方柯听到动静，转过身来，他的衣服上还挂着可笑的奶汁，但他的气质却依然从容冷峻，毫无狼狈，甚至连他一向深沉的眸光里，似乎又多了一点柔和。

猝不及防间，她的目光和他的刚好相遇，那个温暖而强硬的拥抱似乎又一次出现在她的脑海里，让她全身发麻。

方柯伸手从南玄手上接过毛巾来，一边低头擦拭刚才弄脏的地方，一边语气淡淡地说："想不到，你的拼布手艺还不错。"

南玄垂下眼睛，心里茫然了一下，忽然明白他是在指她的床单。

原来她竟然窘迫到都不曾拥有一张完整的一米宽而已的床单……

组成床单的这些布头，都是唐姨从她打工的工厂里捡回来的，扔给南玄让她自己拼缝的。

可是，方柯叫它们"拼布"？

他说得那么自然、那么温和，简直不像方柯，不像那个似乎永远被一团寒气包裹着的方柯。

"拼布在日本是一门艺术，看来你的天赋不错。"他难得地多嘴补充。

原来，他在不动声色地安慰她。

南玄的心，一下子悠悠地飘了起来，又缓缓地落了下来，仿佛落在了一片如茵的绿色草地上，草是柔软的，头顶上的阳光，是温柔的。

她鼓起勇气抬起眼睛静静地看着眼前的少年，他也并不回避地看着她。

那一刻，南玄觉得，她在这个世人眼中不羁而怪异的少年眼睛里，看到了一种来自于灵魂深处的善良，叫慈悲。

她的心跳得更急更重，但是这一次，她终于不再为她内心的异常悸动而惊恐害怕。

是的，她喜欢他。

那并不是，应该羞耻的事情。

因为他真的很好。

一个人生命里最初的强烈的心动，她，给了面前的这个人。

他值得。

"你搞什么啊？出去遛一圈狗，回来后脸肿成猪头。"虽然毫不留情地嘲笑着弟弟，方潜却是心疼不已。

"妈的。"方柯喃喃地暗骂了一句，"又过敏。"

他看着镜子里的自己的脸，因为迅速蔓延的异常的一个个红肿块，平日里端正清秀的面庞已经渐渐有一些怪异的视觉变形感，最难受的是，钻心的痒。

幸好他察觉不对，第一时间拔腿就走，不然就得让魏南玄见识一下他现在的美丽模样了。

"你到底吃了什么？又是芒果？你出去遛狗上哪儿吃芒果？"方潜一边给他倒水拿药一边追问。

"不是芒果。"方柯简单地回答，他接过药片扔进嘴里，然后把一玻璃杯温水都倒进了喉咙。

是芒果汁……

那闹腾的小胖子从冰箱里拿出来献给他的宝贝芒果汁。

而且，他发誓他就喝了一口。

　　方潜看到吃完药后立刻很有经验地躺到床上，准备蒙头大睡挨过这难熬的几小时的方柯，只得默默叹了口气，牵起方满月下楼去洗澡。

繁花盛开的夏天

没有回应的夜

— *Chapter20* —
summer

他知道她的温柔她的明朗
也许都是假装的吗？

路灯，总喜欢把路过的人的影子拉得很长很长。

它们是顽皮的，一点也不懂得体谅别人的苦恼，只顾着玩自己的游戏，像任性的小孩儿。

一阵冷风吹来，顾念乔打了个寒战，下意识地把白茸茸的兔毛毛衣再裹紧了一点。但酒精带来的体内异常灼热与冷空气一相碰撞，却生出更多的难受来。

是的，她喝酒了，人生第一次，喝得有点醉。

躲过妈妈和爸爸的视线，偷喝了几口爸爸的白酒，在深夜独自跑到街上游荡，这对她来说，是一种新奇的刺激的体验。

虽然和张佳伟那些差生成天混在一起玩，但她其实一直被保护得很好，更多的日常，是在扮演盗贼中的公主那样的角色。

甜美而俏皮的，任性而刁蛮的，富有而慈悲的。

她不喜欢那种一味娇滴滴的傻白甜，也不喜欢故作清高的绿茶女，她从小看电影，就特别喜欢这种不羁又洒脱却不失美丽的精灵古怪的角色，她也笃定，这样的角色，一定会成为女主角。

但是，方柯明明就是男主角，她为什么却不是方柯的女主角？

而且，为什么会是魏南玄？

凭心而论，她原本是不讨厌魏南玄的，事实上，在这个学校里，有谁会讨厌魏南玄呢？

长得清清纯纯、干干净净的样子，做事也总是滴水不漏，让人找不出一点毛病，在老师面前混得开，在同学面前也从来不摆架子，她简直是一团清新的空气，能让你觉得她充满温柔的善意，却又恰到好处地无法让你反感。

她不知道魏南玄是怎么能做到这样的，直到有一天，她和爸爸到一个小区里访友，偶然见到魏南玄被一个烫着大波浪的女人大骂着从门里推出来，跌倒在地。

远远地，她看到魏南玄默默地从地上爬了起来，轻轻掸了掸衣服，就那样顺从地低下头，立在门边，仿佛对这样的事早已习惯。

过了两分钟，那个女人又粗暴地推开门，一把把魏南玄拉了进去，夹杂着隐隐的粗鄙的骂声，消失在她的视线里。

从头到尾，魏南玄都没有抬一下袖子碰一下脸颊或者眼角。

因为，她根本没有流一滴眼泪。

这一幕，深深地震撼了阿乔，她不能理解，为什么会有人这样麻木没有自尊心？而这个人，竟然是在学校里优秀得近乎完美的魏南玄。

从小到大，在她的家里，父母一向宠她，即使她很不懂事地犯了错，也一定是全家坐下来与她好好讲道理，只有一次她实在太调皮，爸爸伸手打过她一次屁股，后来她哭得差点背过气去，爸爸也后悔不迭给她道歉。

当然，她身边有时也会有张佳伟那样的家庭出现，而她认为正因如此，张佳伟才活成了那种乱糟糟的样子，在她心里，没有爱的滋养，就应该是那样的。

但是魏南玄这算什么呢？

同样看到了这一幕的爸爸的友人在一旁八卦着，说起魏家那个女孩儿平时的际遇，大抵是女孩儿命苦，没有亲妈，被后妈各种欺负之类的。

从那天起，她再在学校里看到魏南玄，看到魏南玄温柔的笑容、明亮的脸庞、得体的举止，看到她认真地执行老师分派的任务，热情回应同学的种种求助……

这一切，都会让顾念乔有一种说不出来的别扭感觉。

不，不应该是这样的。

世界应该如同她的想象，比如那种悲惨境遇出来的小孩儿，就应该像张佳伟一样，阴暗自卑而渴求阳光，而不应该像魏南玄这样。

魏南玄，她太积极，太隐忍，太努力，太平静。

她甚至做得比其他的女孩子更好。

这一定不是真相。

从那天起，她对魏南玄生出了一种莫名的抵触情绪来，她自己也不明白这是为什么，只觉得，魏南玄的世界，离她很远。

她拒绝去理解。

但是，为什么方柯会喜欢上这样的女孩子？他知道真相吗？他知道她的温柔她的明朗也许都是假装的吗？

他们……真的在一起了吗？

最后这个问题，已经反复在她心里，如同火炭般烧灼了好几天。

自从那次眼见方柯和魏南玄一起回家，她就一直想冲到方柯面前，大声地问个明白，但是，她发现自己竟然怯场了。

她无法忘记上次，葛明薇差点毁了她的那次，方柯竟然拒绝来救她。

方柯这个人，也是她完全捉摸不透的，虽然，她着了魔一般想要去捉摸。

又是一阵冷风，带起了片片黄叶，她摇晃了一下，下意识地扶住了边上的一棵小树，抬头间，却发现眼前是一座熟悉的白色小楼。

她竟然不知不觉走到了方柯家。

方潜今夜也有些不舒服。

他这次过来，还是替爸爸办点事，顺便把方柯一直惦记的方满月带过来玩两天。方满月在家里，被妈妈养成了晚上出门撒尿看月亮的恶习，到了夏栖竟然也来这一招，跑到他门口抬爪砰砰地敲门。

反正他也有点难受，索性就牵它出去走走。

方潜替方满月系好颈绳，把门一打开，方满月果然就如同一团欢快得快要飞起来的毛球，汪的一声扑出门去，这一扑不要紧，倒把门口的人吓得一声尖叫。

方潜也吃了一惊，他没想到这个时候，爷爷奶奶的家门口居然有人。

是一个可爱的女孩子，穿着一身雪白的毛衣外套，脸小小的，眼睛大大的，精致的五官藏在波浪般起伏的长发里，像月亮上走下来的小公主。

她坐在台阶上，惊恐地回头看着冲出来的一人一狗，环抱在膝盖上的双手还没来得及放开。

方潜微笑。

他说："你是方柯的同学吗？"

阿乔被方满月蹿出来的巨大狗影吓得酒醒了大半，听到问话，这才发现，有人站在自己面前。

她上次在学校见过这个哥哥一次，知道他是方柯的哥哥方潜。

那次庆典以后，这兄弟俩的传说已经成为学校最大的热门话题，也因此连带着把方柯的关注度又提升了几个等级，害她多了更多的潜在敌人。

阿乔咬咬唇，点头道："我……想找方柯。"

方潜推开方柯的房门，不出意外，这小子又在折腾他那台笔记本电脑。

"小木，下面有个小姑娘找你。"方潜揉了一下弟弟的头发，"我家小木怎么这么受欢迎呢？那么漂亮的小姑娘半夜喝完酒壮着胆来找你表白。"

方柯无奈地抓住方潜的手腕把他假意摔开。

很奇怪，方潜的病，表面上真的完全看不出来，非但看不出来，而且听他说话，会认为他阳光温暖甚至幽默风趣。

这或许也是方宝剑死活不愿意相信方潜需要治疗的原因吧？

"别闹……什么小姑娘？"他皱眉。

"说是你同学，头发长长的，眼睛大大的，挺漂亮。我让她到客厅坐着呢，你下去看看？"方潜摊手，"我还得去遛遛方满月。"

"哥！"看到方潜打算转身出门，方柯忽然叫住他。

"你帮我送她回去吧，她家就在前面不远，你遛着狗就到那儿了，记得马上回来，不许在外面待久了，带上手机。"

"你不下去？"方潜说，"小姑娘看起来挺伤心的。"

"不用。"方柯摇头，指指自己的脸，"下午的过敏还没消退呢，让我怎么见人？你和她带个话，就说：顾念乔，你别瞎折腾了，我现在没心情谈恋爱，如果谈也不会找你。"

"这么狠？会不会太直接了点？"方潜摇头。

他实在是替楼下的小姑娘担心，他这个宝贝弟弟说话一向堵死人，但偏偏他也无法说这是错的。

"直接才好，不留念想。"方柯说，"帮我关门，谢了，哥。"

繁花盛开的夏天

红飞机

— Chapter21 —
summer

方潜，只要我还活着，
你就不许死。

方潜大概一个小时后才回来，方柯正好洗完了澡，穿着睡衣在等他。

"怎么去了这么久？再不回来我要下去找你了。"

"就穿这样出去找我？你以为满大街开睡衣派对呢。"方潜指指方柯的衣服。

"没什么事吧？"

"嗯，劝了半天才肯进屋。"

"你劝她干吗……我是问你没什么事吧？"

"我？"方潜怔了一怔，忽而一笑，"我答应你了，我不会有事的。"

"那就好。"方柯说，"那你快回房洗澡睡觉。"

"小木……"方潜欲言又止。

"什么？"

"刚才送那个叫阿乔的小姑娘回去，她一路哭得特别可怜，我看她也瞒着父母跑出来的，不知道……"

"哥。"方柯打断了方潜，正色道，"你是不是想说，你想起了秦仙儿的事？"

没有想到方柯会主动提起这个名字，方潜沉默了。

那是两年前——

"方柯，明天要带上周发的那套复习资料来学校，你要记得啊。不然老师又要批评你了……"

"方柯，你篮球打得那么好，能教我吗？"

"方柯，你睡了吗？希望你好梦。"

发出最后一个字，仿佛是发出一颗跳动着的温柔的心，秦仙儿安静地看着小小的手机屏幕上的光，一直到它静静地暗下去。

她嘴角含着羞涩的微笑，眼里看到的，也许并不是冰冷的字句，而是那个少年的脸庞。

方柯。

这三个月来，每一个摁灭台灯钻进温暖被窝的夜晚，都是她最最期待的时刻。

只有在这时，繁重的功课、父母的期望、丝毫不能出错的压力，才可以被扔在角落。而她，白天里完美得闪闪发光的女孩儿，变成了梦游仙境的叛逆爱丽丝，在她所幻想的世界里，赤脚飞奔。

她的足底，是少女初次心动时宛若繁花盛开的夏季田野。

她喜欢的那个少年，是和她完全不同的人，可是，她那么喜欢。

她带着甜甜的微笑，把手机抱在怀里睡着了。

她太累了，年级第一的功课排名，钢琴考级时间的逼近，周末的英语口语特训班，拉丁舞课也不能落下……

幸好，她还拥有那个让她能够安然入睡的美梦，给她无限的勇气与力量。

她睡得那么沉，连妈妈轻轻走进来帮她盖好被子，并拿走了她怀里的手机都丝毫未曾察觉。

而那一刻，原本已经熄灭的手机，突然亮了起来。

屏幕上现出两个字的短信：晚安。

发件人的名字，她偷偷编辑过，叫"我心爱的少年"。

这是三个月来，他第一次回复她的短信。

如果她知道了，一定会在梦里都笑出来，那么惊喜，那么快乐。

但是，看到这条短信的却是她的妈妈。

在手机冷冷的蓝色光芒照耀下，妈妈的脸色，瞬间铁青起来。

"要求校方开除方柯，还校园纯洁本色！"

巨大的红色横幅，像可笑的被抽筋剥皮的红龙，在风里呼啦啦地颤动，带着上面的一行白色大字，也扭曲地晃动着，晃动着。

秦仙儿的妈妈和爸爸，一人拉着横幅的一端，站在学校的大门口，不顾保安的劝阻，歇斯底里地喊着横幅上的口号。

距发现女儿的短信已经一个月了，这一个月来，可能是秦家生下秦仙儿以后，最为压抑动荡的一个月。

秦家是普通的打工家庭，父母文化程度都不高，但是不知道走了什么运，竟然生下了一个天才女儿秦仙儿。

秦仙儿不仅长得美丽，成绩更是丝毫不需要父母操心，从小到大一路领先，而且只要是她碰过的才艺，无不是佼佼者。

她是秦家闪闪发光的明珠，也是学校里闪闪发光的明珠，她的远大前程和无数涌来的鲜花赞誉，让平凡的秦家父母享受着此生未曾得到过的被认可被期待的快乐与随之而来的异常膨胀。

他们的人生目标，从一片茫然，变成了要用生命去守卫秦仙儿的人生，一步也不能错。

于是，当秦仙儿的妈妈偶然发现女儿手机里的异常情况后，她差点气晕了过去。

尤其当一向乖巧的女儿倔强死地不认错并且强调"我没有做错什么"后，秦仙儿的爸爸第一次动手打了女儿一耳光。

在他们的印象里，女儿班上那个叫方柯的男孩子，是一个不折不扣的富二代废材。

成绩严重偏科，上课迟到早退，整个人看起来都是一副吊儿郎当的样子，小小年纪就莫名其妙拽得上天，大概是因为他家里有钱有权吧，连老师似乎也对他睁一只眼闭一只眼。

这样的人，他们一向是唾弃的、不屑的。

他们的女儿，一直是站在升旗台最前方领队的优秀孩子，是各种领奖名单上永远排在第一的孩子，她的未来如灿烂的花朵般明亮，和那种泥沼一样的少年，根本不可能是一个世界的人。

她那么优秀，怎么会对这样的浑小子产生那样的情愫？！

不可能，一定是哪里出错了！

绝不可能是这样！

如果，不是秦仙儿的错，那么，就一定是方柯的错。

是的，那个纨绔子弟，那个浪荡小子，一定是他使出卑鄙手段勾引了天真的秦仙儿，是他，不怀好意地想要碾碎他们全家最美好的梦！

于是,打骂女儿,质问方柯,求助老师,最后到威胁校方——秦家的父母,使出了他们所有能够想到的手段。

唯一的目的,就是让这个方柯,永远地消失在女儿的视线范围内。

他们坚信自己是弱势群体,学校迟迟不处理方柯的原因,一定是方家在背后使了力,他们必须要抗争,他们不会妥协,他们绝不放弃捍卫女儿人生的纯洁与光明!

他们在校门口拉横幅找媒体控诉学校的不作为,是逼不得已。

方柯终于有点愤怒了。

这一个月来,秦家父母各种闹,他本来还当成笑话,但是,他可以不在乎,却眼见秦仙儿一天比一天惨白的脸色,被各种目光羞辱得神情恍惚判若两人,他还是有些不忍。

他不知道秦仙儿是什么时候喜欢上自己的,她刚开始每晚发短信给自己时,他也曾经惊讶过。毕竟,秦仙儿是那么优秀的女孩儿,她永远穿着最干净整洁的衣服,严格执行着老师所有的要求,像一本美丽的教科书,是所有老师眼中的优秀模板和骄傲。

她和他,是两个极端。

所以,开始的时候,他根本没想过要回复她,只当是一个有些意外的插曲,过一阵子,也就淡了。

但她一直坚持着,就像她的人生坚持的每件事一样。

每晚的短信都按时发来,各种关心,各种倾诉,各种小俏皮,各种小试探。

直到那天晚上,他终于回复了一句"晚安"。

那是他回复她的第一句话,没想到,也是最后一句。

谁也未曾想到，那句以后，秦仙儿的命运，被她的父母，推上了悬崖。

方柯冷冷地停住脚步，看着眼前的一幕。他能清楚地感受到校门口那些越聚越多的各个年级的同学异样的目光，一半集中在那条可笑的横幅上，另一半集中在他身上。

毕竟，他在这所学校，也是小有名气的，说大家认不出他，不知道他是这起荒唐事件的男主角，似乎也说不过去。

窃窃私语到各种惊讶到恶意嘲笑，汇集着汇集着，渐渐变成一片洋流，上下起伏，把方柯的周围，变成一片小小孤岛。

然而方柯仍然只是那样站着，他的嘴角，甚至浮上了一丝讥诮的冷笑。

秦仙儿的爸爸首先发现了人群中小小的异样，因而也发现了方柯。

他已经来学校找过方柯几次，自然认得出方柯。无论是威胁还是怒吼，这小子看他们的眼神，始终就像在看愚蠢的动物一样，每每让他情绪失控。

这些无耻的有钱人！以为这个世界上有钱就能为所欲为吗？！

"小 × 种！"咬牙切齿地骂道，秦仙儿的爸爸冲过去，指着方柯的鼻子，"你还有脸来看！"

方柯若无其事地朝着秦父的手指叹了口气。

"我来看戏。"他说。声音不大，但清清楚楚，一字一字，足以让秦父听到并把他全身点燃。

"爸！妈！"就在他即将扑上去的同时，秦仙儿纤细的身影冲出了人群，她像一枚细细的炮弹，射向了一触即发的事件中心。

老师赶来了，校领导赶来了，电视台赶来了，围观群众更加沸腾了。

果然，是一出好戏。

今天去上课，大概又一整天不会清净了。

方柯转过身，旁若无人地朝学校相反的方向走去。

转身的一刹那，秦仙儿似乎努力朝他转过来的脸，却清楚地扑入了他的眼里。

她的脸小小的，雪白如纸，湿润的泪如同春雨布满脸庞，原本黑亮含笑的眼瞳里，盛满的，是凄苦和绝望。

"对不起……"她的口型似乎在说。

但是，那也许是他的幻觉。

因为她转眼就被她的妈妈抱住，卷入了那一堆混乱的疯狂的人群里。

方柯定了定神，继续朝前走去。

两个小时后，他在网吧里，接到了方宝剑打来的暴跳如雷的电话。

他不知道的是，在他离开学校后，秦仙儿失魂落魄，在父母和校方激烈沟通时，她偷偷挣脱了束缚去追他。

大概是身后妈妈追赶的呼喊太急，她慌不择路，冲上了马路，一头撞上了一辆行驶中的大客车。

秦仙儿死了。

而方柯永远也不可能知道，她当时执意追来，是不是想再和他说一声对不起。

方潜看着方柯提到往事时沉默下来的脸色，内心有些后悔自己谈了这个话题。

他知道，秦仙儿的事对方柯的伤害是深远的，虽然客观地说，方柯从头到尾都只是被迫卷入了别人的人生，但最终一条鲜活的人命逝去，却成为他生命里被刻上的永远不会消失的一道伤疤。

而且，他被送到夏栖，也和这件事有着直接关系。

那件事发生时，正是他们的父亲方宝剑事业当红，并以优秀民营企业家的身份入选了当年的省人大代表的关键时刻。好事的记者们自然不会放过这样的话题，一时间，"人大代表纵子欺凌同班优秀少女间接导致其死亡"的博眼球报道在媒体上迅速发酵，搞得方宝剑焦头烂额苦不堪言，差点影响了他最珍视的事业江山。

至于方柯到底有没有和秦仙儿谈恋爱，方柯和秦仙儿的死有没有关系，这些都不是方宝剑需要考虑的事情。

他只知道，这个不成器的小儿子，又给他惹事了。

而且是大事。

方潜接到妈妈尖叫哭号的电话冲回家时，已经来不及了。

熟悉的客厅里，像一头待屠宰的畜生一样被粗麻绳紧紧捆绑起来的方柯，浑身是血地躺在家里的地板上，似乎已经没有了声息。

他裸露出来的后背，是一道一道深可见骨皮开肉绽的伤口，每一道，都像是怪兽的血口，狰狞地大张着。

而在方柯的身边不远处，他们的爸爸气喘如牛双目赤红地瘫坐在地上，身边扔着一根带血的拇指粗细的钢鞭。

空气里，飘浮着的，是这个家似乎永远也不会再消失的浓浓的血腥味。

那是与他的血管里流着的一样的血啊，同根同源，却有着不同的命运。

那次的伤，很久很久才痊愈，遭遇感染的伤口，几乎要了方柯的命。而伤好以后，方柯就被送到了夏栖镇。

"小木……"方潜伸出手去，轻轻握住方柯的肩，像小时候那样，声音里带着担心。

方柯抬起头，若无其事地微微一笑："不用担心，方潜，没有人能够打倒我。"

他随手拨弄着书桌上那架红色的铁皮飞机，轻轻转动前端的螺旋桨，它依然灵活如初。

他顿了一下，继续道："没有人能够威胁我。方宝剑不能，顾念乔不能，秦仙儿的父母也不能……我是为自己活着的，方潜，在这一点上，我和你，和秦仙儿都是完全不同的。"

他看向方潜的目光清澈而深远，完全不像一个十几岁的少年，倒像是经历了无数风霜后获得了智慧启迪的老人。

"是吗？"方潜笑道，故作轻松，"那魏南玄呢？"

"魏南玄？"方柯微微一怔，"怎么会提到她？"

他摇了一下头，直视方潜。

"我现在最担心的，是你。哥，你听着，我不管你的病活得有多么艰难，我也体会不到你的痛苦，但是，只要我还活着，你就不许死。一定要记住这一点，如果你出了什么事，我绝不会原谅你。"

他把那架红色飞机单手举起，做了一个在空中滑翔的动作，然后让它稳稳地停在了方潜的掌心里。

冰山与火山

Chapter22

summer

她那颗从未经受过任何风雨考验的心，
这一次，真的好疼。

"班长，看看你打了什么菜？哇，你又打豆角茄子？你天天吃不腻啊，今天有土豆烧鸡哎！"

大嗓门的女生郑诗龄亲亲热热地挨着魏南玄坐下，豪爽地把自己刚打的热腾腾的餐盒里的菜分了一勺给她："你尝尝，可香了。"

南玄也不拒绝，大方地尝了一口，赞道："挺好吃。"

郑诗龄特别喜欢魏南玄这种不造作的性格，其实大家都知道她家里条件不好，但她并不避讳敏感，也不矫情纠结，是怎样就怎样，所以和她相处总是心情愉悦轻松。

"哇，班长，今天有好戏看了。"郑诗龄一边大口地舀起饭菜送进嘴里，一边含混不清地笑起来。

"什么？"南玄顺着她的手指方向看去，眼里忽然飘过一大团粉红色的物体，异常刺激。

"小粉红正在寻找她的目标！"郑诗龄连鸡也顾不得吃了，声音里充满了兴奋。

不光是她，正在食堂里用餐的不少同学，目光都开始着了魔一般随着那团夸张的粉红色移动。

在这所学校里，几乎没有人不认识她，大名秦芬芬，绰号小粉红。

她是学校食堂秦大师傅的女儿，去年高中毕业后就跟着爸爸在食堂做事，因为酷爱一切粉色的衣饰，又总是丧心病狂地抓住一切机会向人讲述她的粉色爱情梦，因而被所有人视为笑话，大家私下给她取了这么个绰号，谁知她听说后不仅不以为耻，反而喜欢得不得了。

鉴于之前她闹出的种种笑话，大家总结出了一个规律，只要小粉红祭出了这身终极粉色杀器装扮，那她当天一定是有所目的，就看倒霉的是谁了。

食堂里的气氛莫名地诡异活泼起来。

"你做什么？"方柯冷冷地看着身边紧挨着他坐下的那团物体，本来就没什么胃口，这下是彻底不想吃了。

他一向很讨厌和人有身体上的接触，何况对方是一个散发着刺鼻的劣质香水味，目测体重超过一百五十斤，还穿着如此夸张怪异并且故意把整个身体都靠到了他手臂上的陌生女孩子。

他在学校一向独来独往，张佳伟那些人虽然时常跟在他后面，却也不会和他说这些学校里的八卦，因此他并不知道大名鼎鼎的小粉红的传说。

"同学，恭喜你成为本食堂今天的幸运中奖者哦，你得到了一份最好的土豆烧鸡耶。"一满盆土豆烧鸡推到方柯的面前，小粉红的脸也红得像她的衣服一样，整个人都羞涩得快要燃烧起来。

她朝眼前的少年眨眨眼睛，小声补充："都是我一块一块选出来的鸡腿肉哦，你快吃。"

小粉红的声音其实不算大，却足以让异常安静就等着她出招的附近五米以内的人，听得清清楚楚。

一瞬间，周围的看客们仿佛是一口气已经憋了太久，终于看到了答案，可以畅快肆意释放出来一般，食堂里瞬间爆发出一阵阵惊天动地的狂笑声、捶桌声、敲碗声。

太刺激了！

小粉红果然眼界不俗！

她居然想追那个千年冰山脸方柯！

另一桌，张佳伟也大笑了起来，他觉得，此时他该过去给方柯解解围。

在他的计划没有顺利实施前，他得和方柯保持好关系。

不料他刚站起身来，一只纤细白净的小手就伸过来，用力抓住了他的衣袖。

顾念乔并没有笑，她拉了拉张佳伟的袖子，示意他坐下，然后埋头继续吃饭。

张佳伟有些奇怪。他重新坐下来，靠近阿乔问道："阿乔，你不过去看看？"

今天中午吃饭，阿乔拉着他们刻意没有坐到方柯一桌，他就有些意外。要知道，阿乔喜欢上方柯以来，哪有一天吃饭时间，她不是想尽办法挨着方柯坐？甚至有几次还要他和杜明江小淮出手，去赶走那些不小心坐在方柯身边位子上的人……

张佳伟隐隐地感觉到阿乔在发生一些变化，但他不知道这变化是好还是坏。

"我才不去。"阿乔从牙缝里蹦出几个字来。她似乎是被辣椒辣着了，脸红红的，于是舀起一大口白饭送进了嘴里。

张佳伟猜对了。

自从那天晚上，顾念乔在方柯家里，听到方柯的哥哥方潜带下来的话后，她的心就日以继夜地在疼。

方潜已经尽可能地委婉转达，但她仍然听明白了，方柯明明白白地不要她。

他竟然连一丝考虑的余地都不留。

他的心是钢铁做的吗？就算她做出这种深夜上门的丢脸举动，他甚至都不愿意下来看她一眼，给她一个告白心意的机会？

他们之前不是比其他的同学关系更加亲近吗？在这个学校里，除了她，还有哪个女孩儿能够和他并肩行走，能够和他多说上几句话？

只有她！

或许他现在还没有喜欢上她，但不代表以后也不喜欢啊，她可以变得更好，她可以更努力地去了解他接近他，不是吗？她是不服输的阿乔啊！

然而，他绝情得让她齿寒。

也许，她错了。

他根本就没有一次，对她有什么特殊，一切，都是她主动地热情地在幻想。

她那颗从未经受过任何风雨考验的心，这一次，真的好疼。

连爸爸妈妈都发现了她的异样，一向活泼快乐的女儿，最近很少笑了，脸也尖了一圈。只是这一切变化，全世界只有那个人，那个她最渴望他知道的人，仿佛一点也看不到。

明明是一样的冰冷，却原来，她有一天，会受不了。

既然这样，就让自己远离他吧。

拔出自己的双腿，走得远远的，骄傲地昂着头，像没有遇见过他时候的阿乔一样骄傲。

下午自习课，方柯一直趴在桌上，毫无动静。

南玄也有些心神不宁，她觉得今天的方柯有些不对劲，他已经很久很久没有这样了。

她恍惚间觉得好像回到了他初来夏栖的那些日子，他趴在桌上一动不动，而她时不时好奇地张望一下。

原来转眼间，已过两年。

想到这个时间，南玄的心像被一汪温柔的湖水包裹着，有些微微的说不清楚的荡漾。

那时候，方柯可以一整日都维持着一个姿势一动不动，她暗暗惊叹从未见过那样有耐力的人，有时她甚至有种奇怪的错觉，担心他是不是已经死去，但却没有勇气对他伸出手去。

自己其实很胆小也很懦弱吧。

而方柯，他和自己是不同的，他一定很清楚自己要做什么，而他一旦认定的事，大概就会劈山筑路勇往直前。

犹豫再三，南玄还是偷偷伸出了手指，戳了一下方柯的手臂。

"喂，你……没事吧？"

方柯动了动，他转过脸来，还是那个趴着的姿势，但脸冲向了她的方向。

"我胃疼。"

他本来就有胃病，上午就一直胃疼，中午又被那个莫名其妙的粉红色物体骚扰，最后根本没有吃下任何东西。

"啊？"其实根本没有指望他会回答，所以，当他真的老实回答的时候，南玄反而有些不知所措。

"要不去医务室？"她觉得自己忽然笨拙起来。

"魏南玄，你去夏琴那里给我买瓶牛奶，要她用微波炉加热一下拿过来。"方柯有气无力地说，"快点去。"

他总是这样，别人对他的话多一秒犹豫他都会显出一脸明明白白的不耐烦来，初时觉得他不讲道理，渐渐竟也习惯了。

接过他递来的钱，南玄选择了默默地执行任务。

"你买牛奶？"夏琴一边把牛奶瓶打开，放进微波炉加热，一边好奇地问南玄。

南玄的情况她可是很了解的，她哪里会有余钱买牛奶？

"啊，是给我同桌帮忙，不是我自己。"南玄看出了夏琴的疑惑，解释道。

"同桌？方柯？"正在货架后整理物品的夏雪耳朵尖，立马跳出来大叫。

"你这么激动干吗？"夏琴敏感地看了妹妹一眼。

夏雪立刻做贼心虚地吐了吐舌头，溜回货架后面去了。

只是，当南玄拿着热好的牛奶快步离开后，她又忍不住从货架的另一头探出头去，看着玻璃窗外那个正急急而行的身影，脸上露出了有些复杂的表情。

繁
花
盛
开
的
夏
天

一场紫色调
的梦

— *Chapter23* —
summer

但是，这一刻，
他比夏栖的月，更加温柔。

入夜。

没有了方满月粗重的呼吸声和兴奋的挠爪声陪伴耳畔，小楼一下子显得冷清了许多。

方柯有些疲惫地揉了一下太阳穴，从笔记本电脑前站起身来，舒展了一下久坐麻木的四肢。血液又畅快地在他全身的血管里流动起来，给感官带来了一种轻微的快感。

没有关掉的电脑屏幕上，是全英文的网页，网页上异国百年名校的建筑图片，隐隐散发着一种宁静致远的光芒。

相关的申请，方潜都已经替他提交好了，细节也一一做了安排，一切都符合他两年前被放逐到这里时为自己的人生重新做的规划与想象。

他要走自己的路。

不是方宝剑的安排，也不是一眼看得到尽头的坦途，而是他想去探索的未知世界。

小木小木，木可成材，他只有长成不依附于方宝剑的更大更强的树木，才能拯救他自己，以及拯救方潜。

这一点，在那一场差点要了他的命的虐打后，他已然彻底明白。

除了魏南玄，是个意外。

那个有着一双小鹿一样温顺明亮的眼睛的女孩儿，他最近，时常会想起她来。

不得不承认，也许，那个冲动下的拥抱，只是一个开始。

他原本是对于和人有身体接触非常排斥的人，因此那一瞬间的冲动行为对他来说，也值得思考。

他想，那只能证明，他对她的感情不一样。

也许，连方潜都看出来了，他喜欢她。

喜欢是什么？爱又是什么？

他以前从未想过要以现在的年纪去思考这个问题。

是看到她带着伤出现又笨拙地掩饰时，心里会突如其来地抽痛一下？

是每天太阳升起时，竟然有点期待去到学校坐到她身旁的隐隐喜悦？

是看到她总是笑意暖暖地对着每一个人，唯独对他眼神躲闪时，内心里升腾起的不安？

是发现她竟然给他写告白信时，嘴角不自觉上扬的弧度？

是方潜亲昵地叫她"小南"的时候，心里有点发酸？

是突然一反常态想把她抱在怀里而且不想松开？

如果这是喜欢，那他，大概是在喜欢。

　　这份喜欢，不知道是从什么时候开始，他也无心追溯。但如果这是真的，那从此以后，他应该参与她的人生。

　　他自认为自己有个优点，他从来不逃避。

　　既然明确了他喜欢她，魏南玄的人生，就应该归入他的规划安排。

　　他闭上眼睛稍微整理了一下思绪，又睁开眼睛，抽出书架上的一本书来。

　　书页翻开，几张淡紫色的信纸飘落，一阵极淡的香气飘进他的鼻孔，让他一瞬间有点恍惚。

　　这香气，和抱住魏南玄的一瞬间，她柔软的发间传来的香气，是一样的。

　　他对她，果然早有端倪吧？居然把她写的信，一张一张地收藏。

　　明明以往，收到这种东西，它们的去向都只会是废纸篓。

　　"今天，你也穿了黑色的衣服。我常常想，为什么是黑色呢？为什么你这样喜欢黑色？是因为能够更好地隐藏自己，还是因为它稳定而沉默？"

　　因为喜欢，它们无论使用什么材料、质地，都足够稳定，其实我并不喜欢变化。

　　"有时候，我会想，有一天，你会离开这里吗？那时，你就再也看不到我写的信了，你会想起有一个女孩儿每周都给你写信吗？如果能记得一点点，那就好了……"

　　嗯，我会离开，你呢？

　　"你知道吗？夏天的时候，夏栖水库边会开满一种紫色的香草，特别美丽，水边一点都不热，如果有机会，真希望你也去看看。"

我看过了，在你把那束花插到我家客厅的那天，花确实很美。

"所以，我写这些信的原因就是，我喜欢你。"

我也……喜欢你。

像是在和写信的女孩儿对话一样，空气是安静的，而他们的声音，都响在心里。

在这一刻里，奇妙的时空被打通，距离消失了，心是前所未有的澄澈和明朗。

原来，是这样的开始。

他站起身来，想单独再找一个盒子把这几张信纸给收好。

印象里，妈妈似乎喜欢收集一些纸盒子，他放轻脚步走出门去，来到一楼，打开了父母卧室的门。

平日里他从来不进这间房，也许是因为内心里对爸爸方宝剑的抵触情绪。

但今天，这股戾气也悄悄地熄灭了许多，他伸手去取放在大柜子上方的一排纸盒，忽然有一片东西从上面飘落了下来。

他俯身拾起，刚想放回去，却又翻过来看了看。

是一张年代有些久远的照片。

照片上的女人，是二十来岁的样子，眉目清丽，笑容甜美，背景似乎是舞蹈练功房。

这些年，方宝剑虽然有了暴富者一切的恶行恶径，但在女人方面，却还算有底线，这也是方柯唯一能够原谅父亲的理由。

　　然而，无端出现在家里的这张照片，显然不是别人的，正是方宝剑的。

　　方柯想了想，决定把那张照片和取到的盒子一起拿走。

　　与此同时，南玄正在自己的小桌上，替夏雪写着最后一封信。

　　下午的时候夏雪来班上找她，两人一起回家。

　　其实，自从那天被方柯拥抱，南玄就一直想找机会和夏雪说不再替她写信的事。其实，除了第一封信夏雪还稍微打了一个底稿给她润色，后面的信，夏雪素性要她来写全部内容了。

　　"总之就是要深情，要深情，要深情！"夏雪目标明确清楚。

　　这已经够让她为难的了，更为难的是，现在她明白了，她也喜欢着方柯。

　　这一点，初时她不清楚，而一旦清楚了，就不该再瞒着夏雪。

　　不管她会怎么看自己，但至少夏雪当她是朋友，才和她分享这个秘密，而她，也应该坦诚。

　　没想到，夏雪竟然主动来找她了。

　　她还在纠结着怎么开口，夏雪就提出来，要她今天再代写最后一封信。

　　"南玄，你是不是……也喜欢上方柯了？"夏雪的声音轻轻的，虽然已经在努力隐藏，但仍然听得出一些难过。

　　"不过，喜欢他的人那么多，多你一个情敌，也没什么啦。"不等南玄回答，她就已经提高了声调，语气欢快地摇晃起了南玄的胳膊。

　　"什么嘛……"南玄又意外又害羞。

　　"只是没有想到，你这样的优等生，也会喜欢上他，这说明我看男神的眼光真的不错吧！"

"夏雪……"

"所以，从明天开始，你该用你自己的名字给他写信了吧，看在朋友的份上，能不能答应我一件事？"

"什么？"

"今天晚上再替我写最后一封信，告诉方柯，我要去外地啦。"夏雪继续抱着南玄的胳膊摇啊摇，这似乎是她最喜欢做的一个动作，每一次，南玄都笑着妥协。

这一次，也终于没有例外。

看到南玄只身走进自己家的小区，转身再和她挥手告别，夏雪站在原地，很久才缓缓地卸下脸上的微笑，低着头，慢慢地走回自己的家去。

她一路走，一路抹着脸上的眼泪。

"南玄，你知道吗？我很喜欢方柯，可是，我更喜欢你啊。因为，在我最孤独的时候，只有你对我露出的笑容，是最温暖的。"

而对夏雪的心思并没有完全了解的南玄，只是满怀着莫名的愧疚，想认真地写好替夏雪写的最后一封信。

钢笔在淡紫色的信纸上轻轻划动着。

这信纸是夏琴的超市里有一次进的，纸上是一片紫色的薰衣草田，纸上还散发着好闻的香气。

她实在是太喜欢，所以第一次动用了自己常年省下来的一点点小金库，买下了它。

她没有见过薰衣草田，她猜想，夏栖水库边每到夏季开成片的紫色的鼠尾草，应该也差不多吧？

信纸在她的书包里存了很久，一直没有机会用，没想到最后竟用来帮别人写信了。

只是不知道方柯看到这么少女心的信纸会不会直接扔掉呢？

她又想到了方柯。

他沉睡如画的样子，他不耐烦的样子，他命令她去医务室的样子，他嘲讽她的样子，他一把拉住有危险的她怒吼的样子，他拥她入怀心跳很重地说着谢谢的样子。

可是，现在不是想这些的时候。

南玄努力地甩了甩头，用笔敲了敲自己的脑袋，命令自己集中注意力。

离高考的时间越来越近了，她必须努力再努力，这是她唯一飞出夏栖的机会。如果说过去，离开这里只是对生存与尊严的渴望，那么以后，也许会多一条理由。

她知道，方柯一定会去到更大的世界，这一点，从她那天无意间进入他的私人领地就已知晓。而她希望那一天到来的时候，她不会因为只能站在原地目送而感到后悔。

她希望如果有一天，他们能在他处相见，他若向她伸出手，她是可以微笑地自信地接过他的手的魏南玄。

"方柯，我要走了，离开夏栖，到很远很远的远方。也许有一天我们还会遇见，也许不会，但是无论未来如何，你都是那个开始于夏天的，老天给我的最美的童话。珍重。"

夜里，从来不做粉红梦的南玄，竟然做了一个梦。

在梦里，她带着方柯来到了夏天里的夏栖水库边。

那里，大片大片的紫色鼠尾草和白色桔梗，像羞怯而沉默的少女，点亮星星点点的心事，沿着水库和山脚的边沿，安静蔓延。

她采了一把鼠尾草尖上的细小花穗，捧在手心里，回头看时，方柯竟然已经双手枕在脑后，直接躺在草地上睡着了。

睡着了的方柯，没有了平日里的压抑、暴躁、暗含威胁。

少年的面孔干净美丽得如同花朵。

南玄呆呆地看着方柯的睡颜，平日里，她可不敢这样正视他。

大概，也只有经过的路人会被他这乖巧美好的模样迷惑吧。

心里突然冒出了一个恶作剧的念头，她差点被自己吓到，但到底，她还是偷偷伸出了手。

轻轻一扬，紫色的细碎的小花像一场世界上最小的调皮的雨，在少年白净的面容上纷纷落下。

"下雨啦！"她声如清风。

方柯睁眼的同时，已闪电般抓住了欲逃的南玄的手腕。

原本蓦然而起的恼怒一瞬间化为怔忡的温柔。

他手腕稍一用力，把她拉近一点，另一只手飞快伸出轻弹了一下她的额头。

嘴角却是他面上少见的向上的小弧度。

他的手指，温柔而有力。

南玄一瞬间全身都僵住了，心里的触动与欢愉如河边肆意蔓延的紫色小花，在风里羞涩地颤动。

方柯，他那一向美丽深沉如夏夜天空般的眼睛，正专注而认真地看着她。

她曾经以为，他就算有一千种情绪对她，但也绝不会有一种，叫作温柔。

但是，这一刻，他比夏栖的月，更加温柔。

繁
花
盛
开
的
夏
天

潘多拉之盒

— *Chapter24* —
summer

我不喜欢他，
阿乔，你开门吧。

"魏南玄，今天晚上十点你到学校来一下，我在体育器材室那里等你，有话要和你说。"

南玄吓了一跳，这一阵子她的心思都放在方柯身上，竟没有发现顾念乔瘦了这么多。

脸上那常有的甜甜的笑容也消失了，细细想来，这一阵子好像很少见她像过去一样，下课就站到方柯的桌边缠着他说话了。

是自己太疏忽了吗？

"阿乔，有什么事吗？"

对于顾念乔特意把她拉到一边说的话，南玄有些不安也有些不解。

"阿乔，今天晚上晚自习取消了，可是我要照顾我弟弟睡觉，是不能出来的。你有什么事可以现在说吗？"

"找你当然是有事。"顾念乔咬了咬嘴唇，远远地，似乎是刻意忍住，目光却还是飘向了教室的方向。

她知道，方柯就坐在里面。

想到方柯，她好像有了更多的勇气。

"如果你不来，你会后悔的。我会把你和方柯恋爱的事告诉老师，很快全校都会知道魏南玄是个多么优秀的好榜样。"

南玄吃惊地张了张嘴，她完全没有想到顾念乔会这样威胁她。

"我和方柯没有……"

"不要狡辩了！"似乎是难以忍受那个名字从她的嘴里说出来，顾念乔愤愤地打断道，"来或者不来，你自己决定！"

用最轻的动作一点一点将窗子拉上，南玄终于松了一口气，猫着腰轻手轻脚地走出几步。

回头望去，唐姨的房间已经熄灯，按照经验，自从爸爸去方家做事后，唐姨就睡得很早，而且睡下后就再也不会出房了。

幸好虽然住在一楼，但因为她晚上就在阳台睡着，所以唐姨也没给阳台装防盗窗，觉得有她这个人肉报警器正好省了一笔。

所以她得以从阳台上直接翻窗而出。

想到下午阿乔那很冲的语气和似乎充满愤恨的眼神，南玄无声地叹了一口气。她已经猜到大概是因为方柯，但是，她和方柯之间，并不是阿乔说的那样。

除了偶尔会叫她跑跑腿代班一下值日，方柯与她也没有再多出什么交集。他依然是那样面无表情地坐在她的身边，两个人有时一整天也说不上几句话。

而每到周日，她到方家去代班照顾方家爷爷和奶奶，经常一整天下来也很少遇到方柯走出自己的房门。

他最近似乎很忙，但忙的内容，和她们似乎不一样。

不管怎么说，她还是去和阿乔说清楚，让她冷静一点，现在也只能这样了。

没有学生在晚自习的夜间校园，显得格外清冷。四月初的风还带着不甘的寒意，要在路人的骨子里留下点战栗。

南玄怎么也想不明白阿乔为什么会这个时间约她来这里。

幸好小镇学校的门卫形同虚设，守门的耳聋大爷早早就钻了被窝抱着小小的电视看戏去了，她从小门进去的时候几乎是一路小跑的。

体育器材室在教学楼的后面一楼。

一路跑过来，南玄只听到自己的脚步声空洞地在回响，心里不禁慌慌的，几乎疑心阿乔是不是没来，只是在捉弄她。

幸好阿乔的声音及时在前方响了起来。

"魏南玄，这边！"

南玄循声而去。

"魏南玄，我们谈谈吧。"

不知道阿乔从哪里弄到了体育器材室的钥匙，不过这也不难，学校里各种设施落后，体育器材室门口的锁平日里也形同虚设，即使没有钥匙，一般人猛踹一脚也会打开。

器材室里堆满了各种未来得及清洗的球类和破了洞的胶垫，常年封闭的空间里有着一股难闻的气味，阿乔本是最爱干净的，此时竟也顾不上在意。

"魏南玄，你是不是和方柯在一起了？"

今晚的阿乔，将头发高高扎成了一个马尾，露出了光洁的额头，显得玲珑又俏皮。但她看着人的眼神和表情，却是冷冷的。

南玄从来没有试想过，原来甜美的阿乔有一天会在脸上露出这样的表情。

而且，是对她。

"阿乔，并不是你想的那样。上一次我也和你说了，我和方柯是不可能的。"她加快语速说完，不知道为什么，心里竟然觉得有些难过。

"你知道吗？魏南玄，我一直不喜欢你。因为你太虚伪，口是心非。上次我亲眼看到你和方柯抱在一起，你现在却还在和我装！"

南玄脑袋一下蒙了，她没有想到阿乔当时会在场，看来这个误会是无法解释了。

看到南玄沉默，仿佛是默认，顾念乔的怒气值不断上涨。她的声音也开始尖厉起来："这些天你和方柯在学校里也开始旁若无人亲亲热热，你以为别人都是瞎子吗？魏南玄，你真的清楚自己和他是不可能的吗？"

南玄微低着头，等到阿乔话音稍落，等了两秒，她才恢复平静地抬起头问："阿乔，你今天叫我来，是要我做什么呢？"

分辩也没有意义了，吵闹也没有意义了，她的世界，还在生存线上挣扎，其他的，都不是她抓得住的，这些，阿乔可能根本不会明白，如果明白了，也不会再当她是威胁。

方柯在她的前方，那么明亮，诱惑着她，吸引着她。可是，她深知那中间的距离有多遥远，她追不上，抓不到。

顾念乔用力地盯着魏南玄的脸，稍微平静了一下心情，突然站起身，走出了体育器材室。

南玄静静地站在原地，她以为阿乔只是出去平静一下心情，但是器材室的门却突然关上了，外面还传来了锁具扣上时沉重而响亮的声音。

她有些吃惊，扬声道："阿乔？"

没有回应。

"顾念乔！"她的声音，不由自主地严肃起来。

依然没有回应，但落锁的声音也停止了。

南玄走过去用力推门，隔着粗大的门缝，果然看到外面一把巨大的铜锁已经将门锁住。锁是全新的，在清冷的月光下发出寒气逼人毫无感情的光。

"阿乔，你到底要做什么？"怔怔地扶着门，南玄低语。

门外，传来了顾念乔的声音。

"魏南玄，如果你今天晚上回不了家，你的后妈会不会发现？发现后会不会暴跳如雷？"

她说的，正是南玄最担心的事。

南玄不知道阿乔怎么会了解到她家里的情况，但阿乔说的却是她不敢想象的局面。

唐姨一直想赶走她，只差一个她犯下大错的机会……

如果彻夜不归，那在普通人的家里，也是不可原谅的吧？

如果发生了，她会死的。

"阿乔，你开开门，你想要我做什么，你告诉我，我都会做的。可是我今天必须要回去。"

看吧，这就是她和方柯的世界的距离。

只要那么一点点威胁，她就无法承受，她是连基本生存也保证不了的小可怜虫，谁都可以把她当成玩偶。

"放你回去可以，那你肯定地回答我一句，你告诉我，你不喜欢方柯，以后也永远不会喜欢他，不会和他在一起。你说完我就开门。"

不喜欢方柯，以后也永远不喜欢，不在一起……

南玄张了张嘴，却没发出任何声音。

"我……"

算了，魏南玄，就说吧，只是一两句话而已。

喜不喜欢，都不过是自己内心的事，与他人无关，这样说，那样说，也并不能改变什么，不是吗？

"阿乔，我……"

可是为什么，为什么就是说不出口？

"我不喜欢方柯了，阿乔，你开门吧。"

终于，说出来了。

原来说出违心的话，心情会变得这样沮丧。

"魏南玄，我希望你记住自己现在说的话，把这些话好好地刻在脑子里，为了避免你出来后就忘记，你现在就在里面好好地待着。放心，我答应了的，不会关你到天亮，一定会在天亮前让你回去。但是，我希望这种经历对你对我，都是最后一次。"

说完后，阿乔的脚步声渐渐远去，任南玄再哀求劝说，也不再有回应。

南玄只得叹了口气，默默地回到了器材室中间，找了一块相对干净点或许是白天才被人使用过的垫子坐了下来。

夜，越来越凉了。

她熟练地抱着自己的膝盖，把自己缩成小小的一团，下巴支在额头，盯着器材室里唯一的那个离地可能有近三米高的天窗发呆。

天窗里，嵌着今夜清冷的月亮，寂寞如雪。

这样的夜，其实她是习惯的。

在以往的许多年里，她在爸爸和唐姨睡着后，都是这样缩在客厅的沙发一角，难以入眠。

现在，她只是希望阿乔信守承诺，天亮前一定要放她回去。

她却不知道，阿乔走了没多远，就在操场的另一边的台阶上坐了下来。

阿乔也在看着清冷的月亮发呆。

她不知道自己这样的举动会带来怎样的后果，就像上一次，她想利用葛明薇设计一场英雄救美，却失败得很惨。

可是，什么都不做，她还是不服输的顾念乔吗？

她的确消沉了几天，然而最后仍然不愿放弃。

方柯，是一座冷冰冰的城池，没有灯火，看不见裂缝，似乎再过一百年，也依然只有风穿梭而过。

但魏南玄，她有软肋。

她承认，利用魏南玄可怜的身世与处境来威胁她，是有点不光明磊落，但是，她想不出更好的法子，来结束这让她闹心的局面。

方柯与魏南玄……

如果他不走开，那么，就逼她走开。

阿乔坐在台阶上，心里默默地数着时间，感受着空气里刺骨的寒意，仿佛这样，就能减轻一点内心的煎熬与不安……

"魏南玄，是你，把我变成了一个让自己都有点讨厌的人……"

不知过了多久，阿乔闻到空气里有什么异样的气味。

烟，从哪里冒出来的浓烟，在夜色里无声地蔓延。

她全身颤抖了一下，一种不祥的预感席卷了全身。

是器材室，体育器材室那边飘过来的浓烟？！

发生了什么事？

她站起来就朝那个方向狂奔，却没有留意到，跨越一个花坛的时候，原本放在口袋里自己特意买来为了关魏南玄的那把铜锁的钥匙，掉了出来，瞬间隐没在一些乱草中消失不见。

繁花盛开的夏天

黑色的泥沼

— *Chapter25* —
summer

张佳伟，什么时候开始，
你成了小白兔我成了大暖男了？

在同一个夜晚，张佳伟也开始了他的行动。

斧头哥那边头一天传来了消息，要他今夜将方柯带来。得到确切消息后，张佳伟的心怦怦狂跳了一整天，也许是兴奋，也许是期待，也许是害怕。

总之，过了今夜必有答案。

"方柯！方柯！"他用小石子弹向方柯亮着灯的窗，压低声音呼喊。

片刻后，方柯的脸出现在推开的窗边，清清冷冷的表情，就好似今晚高悬在头顶的那轮月亮。

他皱了皱眉，对张佳伟做了一个噤声的动作，然后关上了窗。

过了一会儿，他打开了楼下的大门。

"张佳伟，你做什么？"他的语气里，有着不欲掩饰的不高兴。

张佳伟下意识地缩了缩脖子。

他从心里讨厌方柯这种态度，方柯这种人，活在世上的任何时刻，可能都从来没有考虑过要对别人掩饰他的情绪，因为在他眼里，只有他自己。

看不起人的小子，你尝苦头的时候到了。

"方柯，你当我是兄弟，是吧？"他低声凑向前。

在男人中间，大概很少有人能抵抗住"兄弟义气"这个词，就像女人永远都受不了有人夸她漂亮。

方柯淡淡地看了张佳伟一眼。他有着兽类一般敏锐的直觉，他觉得今夜的张佳伟有点不对劲。

"张佳伟，有话就说，不要磨磨唧唧。"

"方柯，能不能陪我去一趟北夏那边？我妈在家哭哭啼啼的，说我爸一周没回来了，非要我今夜过去找，不然她就要去死。你知道的，北夏那边也不是我们这种学生常去的，我就想着找个人一块儿壮个胆，过去看看。等找到我爸给他带个话，也算给我妈一个交代。因为杜明他们几个晚上家里都看得紧，所以我就找你来了。"

这番话，是他颇花了一些心思编出来的，自觉没什么漏洞。不过，面对方柯这样阴晴不定的个性，他还是有些紧张。

方柯上上下下打量着张佳伟。

他似笑非笑的表情让张佳伟有些焦躁，时间越久，越是不安。

就在他快要按捺不住的时候，方柯突然点了点头。

"好啊，我陪你去。你等我一下，我上去拿一下手机。"

已经是晚上十点后，小镇上的人们都睡得很早，路两旁的民宅已经有一半熄灭了灯光。

张佳伟急急地走着，不时回头看一眼跟在他后面似乎是在闲庭信步的方柯。

他露出有些焦急的表情，欲言又止，唉声叹气。

"方柯，你走快点，过去要半个小时，找到了人还得赶回来。"

很好，就这样，张佳伟，你演得不错。他在心里对自己竖了个拇指。

"张佳伟。"方柯唤了他一声。

张佳伟回头。

"待会儿如果赌场的人找你晦气，打起来了，你想怎么办？"

似乎没想到方柯会这么问，张佳伟怔了一下，含糊道 "你不是挺能打的吗……"

"哦。"方柯似乎是扯了一下嘴角，"张佳伟，我就打过你一次，我能打这事，你倒是记得挺牢。"

"那次是我不懂事……嘿嘿……咱们快点走，前面就出镇子了。"张佳伟急急地想岔开话题。

方柯没有再追问，只是微低着头，盯着自己脚下匆匆后行的路面，用很低的声音嘟囔了一句："我也真是够无聊……"

话音未落，他手里攥着的手机突然振动了起来。他停下脚步，看了一眼来电，竟然是魏锋。

这么晚了，难道是爷爷奶奶出了什么事？

方柯心里警铃大作，一下子焦躁起来，脸色也蓦然变得阴沉。

"什么事？"

"方柯，那个，我是魏叔啊，我想问问你，你知道我家亲玄去哪儿了吗？"电话里，魏锋刻意压低的声音显得有点怪异。

"什么意思？你不在我家？魏南玄怎么了？"虽然知道不是爷爷奶奶出事，但内容依然令人不安。

"是这样，你别急……我是想趁着老人家睡熟了，回家拿点换洗衣服，拿完就回，不耽误事。就是回去后发现我家南玄不在家……你说这么晚了……她以前从来不会这样，我也不敢叫醒她唐姨问，你知道吧，我家这情况……我也没她其他同学的电话，你看这……"

虽然是每句话里都掺着几声叹气，但事情还是说清楚了。

方柯的嘴角抽出一个冷笑的表情来，却无声无息。

对于魏锋，他实在是有些看不起，就连一句话也不想和他多说。

他不想谈那些命运多舛人生如梦之类的屁话，他只知道，就算遭遇和魏锋一样的事，一千个人，也一定有一千种结局。

并不是每一种结局，都要活成这个窝囊的样子，还连累无辜的女儿。

"行了，我去找她，你先赶快回去，我爷爷奶奶要是出什么问题，我饶不了你。"

想来对于魏南玄的社交情况，魏锋这个父亲知道的，还未必有他多。

挂掉电话，方柯迅速开始在大脑里调集今天白天的记忆。

一旁的张佳伟却急了起来。

眼看与斧头哥约好的时间就快到了，但方柯竟然停了下来接电话，不知道在想什么。

如果实在不行，他还有最后一招，他在书包里放了一根已经充满了电的电击棒，那是张兵藏在家里的，他偷偷试过，威力不错，一次能电趴一条黄狗。除此之外，包里还有一把锋利的水果刀。

直接放倒方柯，他是不敢想，但是出其不意地来一下，应该希望还是很大。

他慢慢靠近方柯，问道："怎么了？怎么不走了？"

方柯此时的心里，想的却是另外的事情，并没有察觉到张佳伟有些异样的脸色。

魏南玄的性格，极其谨慎小心，她怕被那个姓唐的女人责骂而失去唯一的栖息地，怕得对自己的表现如履薄冰，所以她再有闲情，也会闷在心里，绝不会夜里溜出去散步；她再有玩心，也会装作没有，绝不会在深夜跑去任何同学家里。

这么晚了却溜出家去，只有一个可能，有什么事情，让她感觉到如果不这么做，会危及她现在的生存。

问题是，她已经这样小心翼翼地用她自己摸索出来的生存之道在夏栖平安生活了这么久，在即将毕业前的几个月，会有什么变故出现？

难道是……和他有关？

这些天，他并没有对她有任何的沟通，其实是因为，他在认真研究了她的生活轨迹后发现，对她来说，大概他的任何举动，都会对她那可怜兮兮的处境，造成破碎性的威胁。

他还没有想好怎样才是对她最佳的保护，也许，在她能够离开这里获得自由独立之前，什么都不做不说，才是最好的。

但现在不一样了。

他已经在脑海里迅速放完了一整天的记忆，其中有两个点有些异常，他试着把它们串起来。

一个是下午上课的时候，魏南玄好像有点心神不宁，他在她身边坐了整整两年，对她的微表情其实已经非常了解。

有两次，班主任叫她的名字，她竟然都没有听见。

还是他提醒，她才惊跳起来。

这在活得如同教科书一样的好孩子魏南玄身上，还真是罕见的奇观。

老师认为她可能身体不舒服，但方柯不这么认为。

"你今天怎么回事？"他直接问她。

"没什么事……"她下意识地回答标准答案，却又似乎意识到什么，有些抱歉地看了他一眼，低下头去，轻声说，"是有点事。"

但是，不能告诉你。

方柯盯着她的脸看，看着她的脸渐渐红了起来，像晕染了一层天上的云霞。

他最近很喜欢这个小游戏，看她无懈可击的保护罩在他的面前，终于不再完美，处处显出无可奈何的溃败。

他知道她害怕，怕他看她，怕他说话，怕在他面前或者任何人面前，泄露出任何可能发生的感情波动。

但是他觉得这样的魏南玄，才是真实活着的魏南玄。

"魏南玄，你想离开夏栖吗？"他换了个话题。

"什么……"果然，她又想掩饰。

"想离开你那个面目可憎的唐姨吗？"

"唐姨……她其实只是脾气差点，也是因为太辛苦了。"南玄低声辩解。

"你真是这么想的啊？"方柯冷哼了一声，"好孩子。"

"……"南玄无言以对。

"行了，专心点上课。"他拿笔轻敲了一下她放在桌上的手背，自己也觉得有点好笑，什么时候起，他这个问题生要来提醒她这个模范生了？

还有一件事就是下午放学的时候，已经有一个星期没和他说话的顾念乔突然拦住了他。

"方柯，你真的没什么要和我谈谈吗？"

她根本无视周围来往的同学异样的眼光，固执地站在他的面前，看着他的眼睛。

他站定，双手插在口袋里，懒洋洋的样子，也回看着她。

其实，他并不讨厌顾念乔。

甚至，在认识的女孩儿中间，他承认她是更可爱的。

她是蓬勃而明亮的，虽然有些任性，但恰到好处。这两年来，她像一只蝴蝶一样穿梭在他的周围，带着像铃铛一样的笑声，也带着各种撒娇和八卦——虽然他已经习惯了孤独，但不得不承认，当这一切突然间消失的时候，他也是有过小小的失落的。

但远远不足以让他动摇。

他清楚地知道，在自己的心里，对于阿乔，他没有守护她一生的冲动与决心，那么，拒绝与远离，就是最理性的选择。

他还没有空虚到需要利用一个女孩儿的感情来寻找慰藉。

他一直知道，人生有一些真相，需要去直面的时候，是免不了伤痛的，谁也不能代替谁逃避。

就像眼前的阿乔，原本如同苹果一样红润的脸蛋变得苍白，时刻扬起的甜美笑容也消失不见，尤其是眼神，曾经明亮清透的眼睛里漂浮着隐隐的一些阴郁。

也许在她看来，他是冰冷的心肠，但他也只能继续沉默。

"当然可以谈，"他回视着她的眼睛，丝毫不起波澜，"任何话题。"

阿乔咬下嘴唇，这是她情绪开始激动时的表情。

"你知道我的意思，方柯。"她的声音里，快要带上哭音了，但她还在忍着，"你知道我的意思。"

"你也知道我的意思，顾念乔。"方柯回答，"再重复一百遍，我们的对话，依然是这样无聊。"

"那为什么，你不能对每个人，都是同样的答案？"绝望一点一点浮现在她的眼底深处，翻滚着、压抑着。

她最后的这一句话，似乎暗藏玄机。

就在张佳伟走近了方柯，连问了几遍，却没有得到方柯一句回答的时候，方柯突然警觉地抬起了头。

空气里，有异常的气味，虽然极其轻微。

他推开一直在喋喋不休的张佳伟，紧走几步，目光很快捕捉到了学校的方向。

那里，有天空微亮。

微微的红，像是醉人的酒，缓缓的烟，好似舞女的裙，它们一起，在浅吟中上演着邪恶与死亡。

方柯突然箭一般射向那个方向。

张佳伟吓了一跳，他没有想到方柯会突然暴起离开，一时间他根本来不及思考，只能本能地奋起直追，幸好他动作也不慢，终于被他一把揪住了方柯的衣服一角。

"方柯，你去哪里？"他也顾不得演戏了，扯直喉咙大喊。

被他一拉衣服，方柯似乎才意识到他的存在，他立刻停下了。

"放手。"他回头冷冷地看着张佳伟，片刻间，仿佛变了一个人。

这种冷，不同于开始他同意跟着去北夏村时的冷。方柯的冷，似乎就是他身体里的天然的一部分，无论什么时候，他的表情都是那样毫无温度，品不出什么感情。但是当见到过他真正敛起的目光时，大概才知道什么是真正的冷。

那是一种不容任何人抗拒的肃杀感。

张佳伟有多少话，都一下被堵在了喉口，明明就差一点，但却怎么也说不出来。他为自己的软弱而愤怒失控。

下意识里，他的手摸向他的书包。

"张佳伟。"方柯也不挣脱，就那样深深地盯着他，像是一个清醒的猎人，盯着一头愚蠢的野兽。

"你答应……陪我……"张佳伟从牙缝里挤出几个字，他知道事情发生了变化，但他不知道问题出在哪里，他还想挣扎一下。

"我答应陪你去找爸爸？"方柯的声音，在这一刻，像个残忍的魔鬼，"张佳伟，什么时候开始，你成了小白兔我成了大暖男了？如果想把戏再演逼真一点，你为什么不把你包里的家伙换成安抚奶嘴？

"下次编剧本的时候，能不能带上智商？你妈在你十岁那年就已经死了，是被你爸气死的。你跟了我这么久，难道不清楚我是个喜欢把每个人的底细都弄清楚的偏执狂？"

张佳伟的血液一下子冲到了头顶，他的眼睛慢慢变得赤红，恐惧与憎恨如潮水般从身体里往外奔涌，手却僵在了那个拿刀的动作上。

方柯的脸步步逼近："刚才陪你演，是因为我无聊，想看看你到底玩什么把戏。现在我有事，没时间陪你，所以立刻收起你那蹩脚的剧本，我已经不想看了。"

他伸指在张佳伟抓着他衣服的手指上闪电般一弹，张佳伟只觉得手腕剧震，突如其来的疼痛让他一下子松开了手。

方柯不再理会他，转过身去，却没有立刻就走。

"张佳伟，我猜，今天不是你在玩我，就是你爸跟的那伙人，是吧？不过，就算是在夏栖这鸟不拉屎的地方，我家老头子那点关系，你和你爸背后的人，也是惹不起的。去和你们的主子说，滚远一点。还有，从今晚起，你也不要再出现在我面前。"

空荡荡的街道，只剩下了张佳伟一个人。

方柯已经走了很久，张佳伟却还在呆呆地看着他离去的方向。

被彻底羞辱的绝望感和无力感，让愤怒变成一种反常的平静，压抑到极致时，暗流汹涌。

他想，他的一只脚已经踏进了黑色的泥沼里，那里面翻滚着各种恶念，而他，已经拔不出来了。

繁花盛开的夏天

红色的地狱

— Chapter26 —
summer

她只愿今夜是一场噩梦，
醒来后，全都化为云烟，消失不见。

在越来越浓的烟雾里，南玄开始咳嗽，她不知道发生了什么事，原本一片寂静的外面，突然有了一些奇怪的声音，不久后，火光自门缝外漏入。

南玄手脚冰凉，她没有想到，原以为只是一场偏激的捉弄，最后，竟变成了可怕的仇恨。

阿乔到底在做什么？

她大声地喊着阿乔的名字，但门外除了烈火和燃烧带来的风声，什么回应也没有。

她拼命地撞门，新的大铜锁纹丝不动。

唯一的天窗对她来说，也实在是太高。

她只能眼睁睁地看着浓烟，从窗口和门缝里扑进来，钻进来。

她命令自己冷静，在角落里找到了一瓶不知道谁扔下的没喝完的矿泉水，把外衣脱下，用那一点点水浇湿了一只衣袖，然后紧紧捂在自己的口鼻上。

阿乔还没有跑近，就已经看清了，真的是体育器材室在燃烧。

她吓得五脏俱裂。

不不不，魏南玄还在里面，里面发生了什么？

她一边跑一边哆嗦着去摸口袋里的钥匙，还没摸到，就被横空里多出来的一样东西绊得直摔出去，全身撞在水泥地上，生疼。

"好久不见啊，阿乔小妹妹。"

这声音，轻柔又阴郁，像淬着毒液又带着迷惑的蜜糖。

葛明薇的声音。

上次她挑衅葛明薇她们，被张佳伟救下后，很长一段时间，葛明薇竟然都没有再找她的麻烦。这绝对不符合葛明薇传说中睚眦必报的作风。

但阿乔却未曾想，原来更大的报复，会在这里等着她。

想那葛明薇，平生哪里吃过这种大亏，还是被一个小姑娘玩弄？如果说开始她只是想给顾念乔一顿教训出口气，那么张佳伟将她的人尽数打伤后，她想要的，是更大的代价。

她本就是一个极其偏激的人，心态扭曲，跟踪了阿乔几个月，今晚竟然真的让她找到了最佳的机会。

"最近有没有想念姐姐？姐姐可是很想你呢。看你嫌弃上次姐姐给你准备的大礼，姐姐可伤心了。这次，姐姐要送你的礼，你可一定要收下哦。"

还是那个娇娇弱弱的样子，葛明薇轻轻抚摸着阿乔的头发，像在抚摸一条落入掌心的小狗。

阿乔想要打掉她的手，却被永远跟随在葛明薇身边的那个女胖子阿虎一把扭住动弹不得。

"你们做什么！你们做了什么！放开我！那边起火了，我同学还在里面，你们放开我！"阿乔尖叫着。

"你看好了，那边不是起火了，是我们薇姐觉得天气冷，想要取取暖。哈哈哈哈……"阿虎难听地笑了起来，像一只被捏住了脖子的鸭子，因为用力，脸上的五官都被挤作了一团，小小的眼缝里，透出残忍的凶光。

"你们竟然放火？！"阿乔不敢置信地瞪着眼睛。

"你说什么呢？不是告诉了你，我们只是在取暖吗？"一脚踹在阿乔的肚子上，阿虎吼道，"只不过，因为火老是烧不起来，我们就又提了些汽油浇在上面，让它烧旺点，哈哈哈哈……"

似乎是得意于自己难得的幽默，阿虎简直笑得停不下来。

"哎呀，阿乔小妹妹，我们可没有看见你的什么同学，那间屋子外面落着大锁，里面肯定是没有人对不对？我们可什么都不知道。"

葛明薇蹲下身，看着不断挣扎满脸是泪水的阿乔，轻轻地用手指刮过她的脸蛋："怎么，是你把人家约来，关在里面的？那可糟了，我们可要走了，你得赶快去把她放出来呀……不然，等会儿你的同学就该成了'熟同学'了，你可就是纵火杀人犯了呢……"

"你胡说！是你们放火！是你们杀人！"

"我们今晚可没有来过这里，哎呀好害怕，我们赶快走吧。"夸张地做出一脸惊慌，葛明薇终于忍不住嘻嘻笑出声来，一边笑，一边招手示意她的人一起离开。

这个计划真是太完美了，而且更完美的是，这个计划是她看到顾念乔深夜关人后，瞬间想到的。

她为自己的智商点了一万个赞。

.

无论里面的人是生是死，她都只会知道，今夜是顾念乔将她约出来，把她锁起来，然后放了火。至于她们一伙人，她们和里面的小妞连面都没有见过，何怨何仇？

顾念乔从此背负着杀人之名，永世无法超生。

火，借着汽油的煽动，真的熊熊燃烧起来了。

方柯只觉得风像刀子一样呼呼刮过脸侧，也许是幻觉，他感觉那风是炽热的，像是带着火星，而两边是猩红地狱。

空气里有一些爆裂的情绪在皮肤上发酵，心里，却变得越发冰凉冷静。

自从秦仙儿出事后，他的预感就变得出奇的准。

他感到魏南玄出事了。

夏栖中学，是镇上唯一的中学，镇子不大，人和人之间的关系，就变得分外黏稠。

看校门的聋老头儿，是镇上有名的孤老，这份工作对他来说，就是糊口的日常。所以即使是今年新增了教学楼，添了些值钱的电脑设备，学校也没能下决心换掉他，何况之前从未出事，大家也就得过且过。

谁也没有想到，这么一所学校会在深夜酿出大事。

还未冲到校门口，方柯就已经看到了火，整个校园一半都笼罩在了浓烟里，但诡异的是，火场的附近，竟然安静得可怕。

没有看热闹的人群，没有惊慌失措的人群，没有救火的人群。

没有人。

就连传达室的门，也依然紧闭着。

方柯感到指尖发凉。

他不知道的是，居住在学校附近居民区的，多是些上了年纪的老人，和传达室老头儿一样，夜里很难清醒，这场无声无息的火，对他们来说，就像放了一场静默电影。

方柯一边奔跑一边掏出手机报火警。

刚报完火警，就看到学校里面冲出来一个人，一头撞到他的身上。

他一把抓住那人的胳膊，沉声道："顾念乔？！"

顾念乔已经有些神智昏然，她从知道葛明薇放火要陷害于她的一刻开始，心里就只剩下一个念头，要救出魏南玄。

她不要杀人，她不要做一个杀人犯。

她去掏口袋里的钥匙，却发现钥匙不知道何时已经不见了。

她并不知道钥匙是自己弄丢了，以为是葛明薇她们按住她时拿走了，绝望与恐惧啃噬着她的最后一点理智，她疯了一般往校外冲。

"救火，快来人救火……"她以为自己喊得很大声，但事实上她只是张着嘴，没有发出任何有意义的声音。

方柯的声音让她回到现实。

她呆呆地看着眼前的人，用力眨了眨眼睛，确认他是真人，所有的恐惧愤怒悲伤慌乱绝望一下子全都化成了汹涌的眼泪，她紧紧地抓住方柯的胳膊撕心裂肺地大哭起来。

方柯却没有时间听她宣泄情绪，他伸手一把捏住她的下巴，令她瞬间哭不出声音，只能直面着他的脸。

他只问她一句话："魏南玄是不是在里面？"

阿乔被自己返流的泪水呛得咳起来，她下意识地点头。

"我真的找不到钥匙了，我想放她出来的，方柯你相信我……"

方柯放开顾念乔，头也不回地冲向着火的地方。

顾念乔孤零零地站在原地。

突然，她一边哭一边朝着方柯的背影大喊："方柯！魏南玄刚才亲口说了，她根本不喜欢你！她永远也不会喜欢你！"

她不知道为什么这个时候了，她还会喊出这一句来。

但方柯的脚步似乎没有受到一秒的影响，也许他根本没有听见。

阿乔捂着脸蹲在地上号啕大哭起来。

她只愿今夜是一场噩梦，醒来后，那些让她哭泣，让她害怕，让她充满野心又变得卑劣的种种，全都化为云烟，消失不见。

她哭着哭着，不知道哭了多久，依稀感到一只手，按在了她的肩上。

她以为方柯回来了，肿着眼抬起头来，眼前却映入了另一张熟悉的面孔。

"张佳伟……"

眼前的张佳伟，就像今夜的自己一样，令人陌生。

"你……"

她还没有来得及对他说一句完整的话，就被一个凶狠的粗暴的掠夺的吻封住了嘴唇。

她不敢置信地拼命挣扎踢打着，嘴角似乎有铁锈味蔓延开来，但丝毫无济于事。

张佳伟疯狂地掠夺着，霸占着，就像是生死诀别前最后的不甘发泄。

远处，有消防车的声音尖厉而急促地响了起来，火红色的车冲过了正在街边小摊上吃着夜宵喝着啤酒的葛明薇等人身边。

葛明薇抬腕看了一下表。

"这消防车，来得够慢的。"

她们继续嬉笑着喝酒。

繁花盛开的夏天

繁花盛开的
土地
—— *Chapter27* ——
summer

两个原本都不是生长于这里的灵魂，
他们需要一片繁花盛开的土地，
来连结关于相遇的一场宿命。

　　方柯一边跑近器材室，一边迅速观察起火点周围的情况。

　　他发现火是从几个点同时点燃的，而且辅助了汽油等助燃物，加上体育器材室本来就是用的学校最老的教学楼一角的房间，老房子烧起来火势很快。

　　他直觉这事不像是顾念乔一个人做的。

　　但现在不是思考这个的时候。

　　正门是火势最强的点之一，从正门进去几乎不可能了，而且刚才照顾念乔的说法，正门肯定被她另加了锁，而且钥匙丢了还打不开。

　　那最快的方法就是翻那唯一的气窗进去救人。

　　方柯就近找了个浇花的龙头，把自己全身上下淋了个透湿，撕下一片衬衣系在脸上掩住口鼻，然后深吸一口气，一个助跑起跃钩住了三米高的窗沿。

魏南玄似乎听见了方柯在叫她的名字。

他的声音很好听，就像清冽干净的钢琴曲，她其实非常非常喜欢听他的声音，但他真的很不爱说话。

他的眼睛也特别好看，比她见过的任何人的眼睛都好看。

其实，她一直都记得，那一年老师要他坐到她身边的座位的那一刻，窗外吹进来的风是微暖的，树上的绿叶间开着白色的花，上午九点的阳光照在他的背后，而他低着头慢慢走过来，黑色的发碎碎地遮在苍白的脸上，像一个美好的童话。

她的心跳，一瞬间变得很急很急。

他，其实一直是她不敢靠近不敢面对甚至连对自己也要撒谎的秘密。

现在，她已经快死了，那么，可以任性一次，在这谁也看不见她的表情的地方，做回那个会哭会笑会撒娇妈妈还在身边时的魏南玄吗？

"方柯。"她轻轻地喊出他的名字。

那个名字，在舌尖轻轻地跳跃，原来是这样的美妙感觉。

"方柯，方柯……"她一遍一遍地叫着这个名字，任性的，孩子气的。

"方柯，我要死了，对不起……"

少年坚硬而宽阔的胸怀与有力的手臂圈住了她，把缩成一团的她紧紧地抱在了怀里，他身上有着温暖而好闻的味道。

"你不会死的。"他沉声安慰她。

"我要死了……"她固执地嘟囔，分不清这是现实还是幻觉。

但是，这一次，她终于敢张开双手，也紧紧地回抱住了他。

像上次想做却没敢做的那样。

他的腰身劲瘦，身体上传来炽热的温度，充满了让她安心的力量。

真好。

她的脸上露出了满足的笑容。

方柯静静地看着她，她所有的表情与心思都尽收眼底，在这样气氛里，格外真实生动。他的心有些难耐地飘浮起来，明知不合时宜，却仍忍不住俯身在她耳边说："魏南玄，说你喜欢我。"

仍然是他一向强硬的语气，却多了一些不易察觉的暗哑。

"方柯，我喜欢你，一直一直都喜欢你。"她闭着眼睛，声音柔柔的，语速也不同往常，大概以为自己在梦里，她像个天真的小女孩儿一样把每个字都慢慢地吐出来，像含了一块糖，尾音拖得很长，简直温顺乖觉得不像话。

原来在这样的环境里，心中也会生出温柔的涟漪。

"喜欢我的人，怎么会死呢？"他低低地笑了起来。

他实在是很少很少会笑，笑起来的时候，有着刺目的嚣张美好。

魏南玄想，现在一定是做梦吧？要不，就是她已经死了。

不管是哪一种，都好过现实。

方柯又问她："魏南玄，你想离开夏栖吗？"

他的脸轻轻贴在她的脸颊上，属于少年的陌生气息清楚可闻，她的心失了控般狂乱地跳动着，根本无法正常思考。

离开吗？

就像他白天问她，而她根本不敢正面回答的那样，这个问题，从来没有人与她探讨过，那是她心底的恐惧。

　　不是离开夏栖，而是离开让她屈辱让她害怕让她如浮萍般无所依的命运。

　　重新找一片土地生根活下去，而命运曾经从她这里夺走的一切希望，温情与安全感，都会像春天重新到来后的花朵，一点一点回到她的生活里。

　　她想的。

　　只是，连对自己，都不敢说出口。

　　"方柯，我想。"

　　她听到自己好像在回答他，她吓了一跳，随之而来的是海啸般的激动和情绪释放后想哭的潮涌。

　　"大声点。"

　　"我想，我想离开这里！"

　　自己都不曾对自己承认的奢望，在那个人好像有着魔力蛊惑的声音里，说出来了。

　　她说出来了，她的渴望，她的不甘，她的挣扎，她的野心。

　　想离开这里，想不再仰人鼻息生活，想去寻找妈妈，亲口问一问她，为什么丢下了我……

　　想和你，在一起。

　　魏南玄，我们会一起离开这里。他撩开她薄薄的刘海儿，像蜻蜓点水一样轻轻地触碰了一下她的额头。

　　她的额头是冰冷的，也许是惊吓，也许是害怕。

　　他决定不告诉她，这一刻，他的心跳，也异常急。

　　浓浓的烟雾与冲天的火光里，生存与死亡仿佛只隔一线。

　　而这一刻，方柯终于明白命运让他来到夏栖的真正意义。

也许，这也是命运让魏南玄来到夏栖的真正意义。

两个原本都不是生长于这里的灵魂，他们需要一片繁花盛开的土地，来连接关于相遇的一场宿命。

南玄的意识渐渐模糊起来，很久以后，她回想起来，甚至不能清楚地确认，那一场对话和那一个落在额头上的冰冷的吻，是否真实发生过。

有人一直抱着她，一直温柔而周全地抱着她。她渐渐不再感到炽热，也不再感到寒冷。

她感到自己被举起，身体似乎脱离了地面，然后有个声音对她说："魏南玄，你清醒一点！南玄，跳出去！"

她动不了，一丝一毫也动不了。

失去意识的最后一刻，她感到自己飞了起来，只飞了一秒，又重重地跌落。

无尽的黑暗。

最后的声音，是方柯。

他说：南玄，跳出去。

方柯庆幸在刚刚冲进来时已经把自己淋了个透湿，如果没有湿掉的衣服遮掩，他和魏南玄在这伸手不见五指的浓烟火场里可能都撑不住一分钟。

远远地，已经响起了消防车尖厉的警报声，他勉强睁开眼睛再辨了一下火势，估计被抛出气窗外的南玄很快会被发现，心里暗暗松下一口气。

刚才那一抛用尽了他全身的力气，加上左手臂被燃烧中掉落的木条击中受了点伤，现在要再自己翻过气窗有些困难。

但是，还不到放弃的时候。

虽然消防车已经开进了校园，但火却未必会立刻熄灭。

他咬紧牙关，伸出右手抓住气窗的窗沿，脚下垒着的一层层平时学生训练用的硬垫已经开始燃烧，摇摇欲坠。

心里默念着一二三，他把所有的力气集于右手，脚一蹬。

感觉到自己的上半身终于伸出了那破碎的窗，他已经再没有一丝多余的力气维持平衡，只得任自己滚出窗外。

随着本来就受伤的左手臂先着地，即使强硬如他，也免不了发出一声疼痛至极的闷哼。

但是，还有一种感觉，令他发觉异样。

他的胸口上，突如其来的一种更剧烈的痛感，令他瘫得闷哼声，也瞬间断在喉咙。

眼皮上无法确知成分的液体流了下来，也许是汗，也许是血。

他被迫开始张嘴喘气，但是喘气带来的，却是惊天动地的呛咳与窒息感。

在这样极致的痛苦里，他的心反而平静了下来，他竟然再次强行张开眼睛，看了一眼站在他面前的人。

是张佳伟，他一只手用衣服掩着口鼻，一只手指着他，脸上露出的是被火光映得通红的疯狂而扭曲的笑意。

他指着的地方，是方柯的胸口，那里插着一把没柄的刀。

他很高兴，刚才终于做了一件扬眉吐气的事。

他亲手把刀捅进了方柯的胸口，仿佛杀掉了这个世界上，所有让他愤怒的命运安排。

　　而离他们一步之远的草地上，昏迷不醒的魏南玄，小小的苍白的面孔在包裹着她的方柯的衣物里，只露出一点淡淡的眉毛和紧闭的眼睛。

繁花盛开的夏天

北夏，北夏

— *Chapter28* —
summer

所有的谜团都来不及解开，
而变故永远来得太快。

八天前。

魏锋正在他开垦的小菜园里捣鼓着，方柯还没有放学，楼上的方家老人正在午睡。忽然，有熟悉的声音在菜园外叫他。

"老魏！老魏！"

他闻声直起身子看，看到来人，一下子高兴地叫起来："老卜！"

来人叫老卜，算得上魏锋在夏栖唯一的朋友。

老卜的妻子早年外出打工，见识了外面世界的美妙后一去不返，扔下了三岁的儿子给他，这些年老卜就又当爹又当妈地把儿子拉扯大。

也许是因为这段经历，让魏锋对他有一种同病相怜的亲切感。

而他们变成了朋友，则是因为老卜和他有一个共同的爱好，下象棋。

近些年来，镇上的人多数沉迷于麻将，愿意安心下棋的人已经很少，老卜和魏锋便成了彼此不可缺少的对手与搭档，和老卜下棋，也是魏锋在夏栖为数不多的乐趣。

可惜他来方家做事后，两人一起摆阵的机会就少了很多。

魏锋飞快地在水龙头下清洗完自己的双手，跑出来迎接老卜。

"你怎么来了？"

"你这一周才回去一次的，我手痒。以后白天没事，我过来找你摆摆。"老卜朝楼上一努嘴，"白天老人也没啥事要忙活吧，我瞅空子就来。"

还真是，两位老人下午都要午睡，一般要睡两三个小时，这个时间下盘棋真是最好不过了。

魏锋和老卜在客厅里痛快地厮杀。

"唉，最近真是倒了大霉，心里堵得慌，找你下下棋，舒坦多了。"老卜一边落子一边叹气。

"怎么了？"魏锋很少见老卜叹气，奇怪地问。

"都怪我自己没用，太贪……"

在魏锋的反复追问下，老卜终于说出了心事。

原来，他总听人说，北夏村那边的赌场，刚去的生面孔，一去就能赢不少钱，可是去多了，就逢赌必输，可见是赌场玩的花样，开始给你点甜头让你深陷，然后再掏光你的所有。

开始听到他不以为然，但后来听多了，心里就生出了一些想法。

这些年，他给他那唯一的儿子攒的老婆本还不太丰盛，如果能再添点，就更好了。

不是说赌场玩花样吗？刚去的人都会让他赢？那他去一次就不去了，不是能让他们失算？

想来想去，都快想出魔怔，他终于跟着人去了北夏，想着赢了就收手。

谁知，一个人的贪心是超出自己的预期的，前两次去，他的确赢了不少，但钱来得太容易，他经不起诱惑，又去了第三次。

每一次他都告诉自己，这是最后一次了。

结果从第三次开始，就输个不停。

这下，不但把赢的钱输光了，还把本钱也输掉了。

"我没用，对不起儿子……"说着说着，头发斑白的半老头儿声音都哽咽了起来。

"是我太没定力，要是开始两次赢了不再去该多好。"越说越激动，老卜突然抬起手，扇了自己一记耳光，混浊的眼泪也落在了棋盘上。

原以为是老友相聚，没想到却引出伤心事，魏锋看到老卜颓败的样子，心里很不是滋味。

他刚来夏栖那会儿，成天闷在屋子里，几乎与世隔绝，是隔壁的老卜，端着棋盘敲响了他的门，这些年，他真心视老卜为好兄弟。

"那些人真不是东西！"魏锋怒道。

"人家开门做生意，也不能怪……怪只怪我贪心，明知道他们都是让生面孔先赢，只要忍住不再去，啥风险也没有……"

魏锋听着听着，心里突然咚地一跳。

人的心思总是很奇怪，在老卜一再暗示下，他仿若被催眠一般，竟也产生了和老卜一样的想法。

老卜不是定力不够吗？那是他没用。不过是去一次就收手，我绝对做得到。

他人惨痛的经历有时不是带来警醒，而是带来另一种诱惑。

他做不到的，我应该能做到。

北夏村里，张兵凑在斧头哥耳边讨好道："老卜那边来电话，已经上路了。"

斧头哥哈哈一笑："干得漂亮，这年头，做什么都要有艺术性，做人要有追求，打打杀杀的太野蛮了。老卜那宝贝儿子没动吧？"

"没动。"油条在一旁接话，"老卜那软柿子，视儿子如命，我们就吓唬了一句要带走他儿子，他就乖得像条狗似的，哪还需要真动。"

"艺术活，这就是艺术活。"斧头哥对自己职业生涯的升华感到由衷的满意。

"斧头哥，那您看我那傻儿子，还要带方家那少爷来吗？这小子天天追问什么时候行动，积极得有点不对劲。"张兵小心地问道。

"你们约个时间，让他带来吧。小孩子嘛，总要给他机会试试手，咱们有咱们的活，他来走一趟也没什么损失。"

张兵称是，走出去，给张佳伟打电话。

魏锋跟着老卜来到了北夏村。

他早就听说过这个地方，只是没有想到，规模如此之大。

"老魏，待会儿我就说你是我朋友，他们看你是生面孔，为了诱惑你，第一次肯定让你多赢，你可沉住气。"

老卜再一次低声叮嘱。

"放心。"他已经想好了，这一把赢了的钱，一半借给老卜，一半自己留着做小金库。

至于本金，他是从方家老人放钱的柜子里拿的。

老人信任他，有时要他出去跑个腿儿，直接当着他的面就从柜子里拿钱。方家是真有钱，日常给老人的储备现金都是好几万，红红的票子，就那么一沓沓放在木柜的盒子里。

老人自己本来就很少需要拿钱用，后来几次，索性直接要他去帮忙拿，所以他很熟悉那柜子。

拿几万出去借用一天，再神不知鬼不觉地放回去，应该是没什么问题。

他做梦也没有想到，他相交了多年的兄弟老卜，会出卖他，伙同北夏村那些人，给他设好了一个套。

那一天，是魏锋一周仅一天的休息日，南玄替他在方家值班。

他找了很多借口，才说服唐笛花，和老卜出门赶个集，趁机去到北夏。

谁知，传说中万无一失的北夏定律，在他身上统统失效。

从早上迈进北夏，到下午日头落山，魏锋不但输光了带来的所有现金，还倒欠赌债二十万。

"一周之内，如果筹不到钱送来，我们就拿你那个白白胖胖的小儿子来抵债。你看，这是不是很公平？"

斧头哥笑得见牙不见眼。

二十万，对他来说并不多，可是，他就爱玩得这么艺术。

一旁的油条看到已经被人摁在地上的魏锋还在徒劳挣扎，不耐烦地上去对准他的右手就是一脚踩下。

他不理解斧头哥为何要把事情做得这么复杂，照他看，张佳伟的主意就不错，等张佳伟把方家那小子弄过来，他可得好好榨干那小子身上的油。

魏锋的惨叫只来得及发出一声，就被外屋一浪接一浪正在纸醉金迷的人声给轻轻吞没了。

第二天一早，魏锋是手指上裹着厚厚的纱布返回方家的。

他对方家老人和方柯解释是切菜时伤到了手。

昨天，他已经见识到了那些人残忍的手段，而他头上高悬的利剑，落下的期限只有一周。

一周的时间，二十万。

"做人哪，要讲诚信，你说是吧？我们可是讲诚信的人，说了一周，绝对不少等一分钟……嘿嘿嘿……"

他也想过报警，但北夏是什么地方？它存在已经不是一天两天，对夏栖的人来说，北夏的存在从来都不是秘密，它如同一个毒瘤，已经长得那么巨大那么刺眼，如果可以摘除，早就该被摘除。

它能生存至今，只能说明，它已经和这片土地血脉相连。

报警不可能有用，也许会更快地招来报复。

现在，他已经没有心情去顾及老卜的命运，也无暇去思考为什么"第一次肯定赢"的魔咒在他身上失灵，他现在对钟表和时间相关字眼格外焦虑，那些人，什么都做得出来！

带一家人离开夏栖？

这个想法只在心里闪了一闪，就像无力的火苗熄灭了。

他能逃到哪里去……而且，那些人能任他逃跑吗？

二十万……

只有二十万才能救他。

魏锋茫然地一遍又一遍在巨大的水头下冲洗着手上的黄瓜，脑袋里突然冒出来一个念头：二十万，只有方家，只可能是方家！

　　他相信方柯在家里另外放了现金，因为方柯给他工资时从来没用过老人柜子里的钱，而且，以方柯在方家的身份，他那里放着的钱，应该比方家老人手头的几万更多。

　　方家的每个房间，他都天天擦拭，已经很熟悉，并没有发现过放钱的地方。

　　只有方柯自己的房间，从来不允许他进去收拾。

　　那更加证明了他的猜想。

　　至于拿到钱后被方柯发现怎么办，他现在已经顾及不到了。

　　也许到时跪下来求他，一辈子给他家打工还债，他会放过自己？

　　他毕竟不是北夏那些人，总不至于要砍断他的手抢走他儿子吧……

　　走一步看一步吧。

　　这天中午，方家二老午睡后，魏锋轻手轻脚地来到了方柯的房间门口。

　　方柯出门时房间会上锁，魏锋并没有这个房间的钥匙，所以他花了一些时间才配出钥匙来，而后天，就是北夏那些人来要钱的最后期限了。

　　魏锋站在方柯房间门口，闭着眼睛回想了一下在北夏那些人对他说的话，手指上的剧痛仿佛还在，提醒着他那些人的残忍可怕，他心里狂跳着，额头上豆大的汗珠滚落在脸上，手颤抖了半天还是没准确地把钥匙插进锁孔。

　　他知道，这一脚迈进去，他的人生，就像被浇上了墨汁，永远也洗不净了。

　　这是犯罪。

　　可是，如果不走这一步，球球怎么办？

他来到夏栖，和唐笛花复合，生活在一起，原本已经心如死灰，可是，球球的到来，让他又多了一线希望。

孩子天真的笑脸和稚语总是能治愈心里的伤。

他因为球球，而慢慢地又有了盼望。

这一生，他已经对不起南玄，让她从小公主变成了灰姑娘，难道，他还要再一次对不起球球？

他终于把钥匙插进了锁孔，顺利扭了两圈，就听到锁被打开的清脆声响。

方柯的房间其实很简单，但因为担心被看出来，魏锋仔细地一样一样检查着，又尽可能原样归位。

越找到后面，他心里越慌，方柯似乎根本没有在房间放大量现金。

难道他猜错了？

但他却意外发现了另一些东西，比如，一个纸盒里装着的几封信。

那信，竟然是他女儿南玄的笔迹。

小的时候，他经常陪女儿练字，女儿的几种字迹他都熟悉。

他没有想到，自己优秀的女儿竟然暗恋方柯这小子，而方柯单独收藏这几封信，说明他对南玄应该也有些想法，说不定他们已经在一起了。

担心女儿早恋的情绪还来不及萌芽，就被另一种卑劣的窃喜给代替了，魏锋有些羞耻地低下了头，把信放回原处。

为了保险起见，他又把方柯书架上的每一本书都仔细翻了一遍，当翻到其中一本的时候，一张照片飘落了下来。

魏锋不在意地拾起，准备把照片夹回去，顺便扫了一眼，突然呆住了。

照片上的女人，他刻骨铭心，想要彻底忘记，却一生也不可能忘记。

她美丽、浪漫、充满幻想，时而像个天真的少女，时而像个美丽的精灵。她跳起舞来，仿佛周围的一切都会黯然失色，而和他一样第一眼就被她的人她的舞她的笑所诱惑的，何止几人。

他从未想过，在大学里木讷少言出身农家的他，会得到她的青睐。

在所有人都不看好他的前程和未来时，她为他穿上嫁衣，任一穷二白的他牵着她的手走进了婚姻殿堂，为他生下了一个可爱的女儿。

她曾经是他人生的救赎，是他的光明顶，是他的圣洁莲花。

她是他的女儿南玄的妈妈：孟婉如。

魏锋和孟婉如，曾经有过一段神仙眷侣般的美好时光。

大学毕业后，因为被爱而全力打拼的魏锋，很快成为市立医院里最年轻优秀的内科医生，而孟婉如毕业后进了市舞蹈艺术团，成为团里的台柱子，经常能在地方的电视台上看到她领舞的曼妙身影。

加上他们的女儿南玄懂事聪慧，魏锋一度以为，自己的人生再也不会有遗憾了。

虽然抛弃了在村里等他的青梅姑娘唐笛花，闹得和村里亲戚都断了来往，但他依然不后悔。

变故发生在南玄九岁那年，魏锋在工作上出现了重大失误，他开的药被某个冠心病人服用后，当夜引发了急性心梗，虽经及时抢救病人转危为安，但他却成为那一年医疗系统整风的典型。

媒体的谴责，落井下石者的猜测，病患家属的问责，系统内抓典型正新风的需求……

所有的一切，都在一夜间扑面而来。

其中有一篇流传最广的媒体评论，详细分析了他身为一个优秀内科医生竟然会出现这样的失误的可能性，结论是正常情况下根本不可能。那篇文章认为，他应该是与那名病患有私仇想要故意杀人，或是心理变态，总之不可能是失误，建议警方再详细深挖。

一时间，民愤滔天，把把利剑，都指向他。

更可悲的是，面对组织的调查盘问，他根本无法解释。

那一天，他分明记得自己不是开的这种药，但药房出示的药单确实是他的笔迹。他觉得自己快要疯了，他分不清到底是哪里出了错。

他甚至开始相信，他真的是一个心理变态的人，有时会做出自己也不清楚的事情。

那段黑暗而冗长到无法呼吸的日子，他一度以为自己熬不下去了。

他再也不是穿上白衣让人尊敬的医生，他成为不负责任草菅人命的刽子手，人人避之如见蛇蝎。

他失去了工作的机会，日夜拉上窗帘昏昏而睡，南玄去上学他也不接送，南玄要吃饭他也不起床做。

所以，他根本没有发现，在那一段时间里，孟婉如已经变了心。

她的心是什么时候走掉的，他回忆不起来，那段时光太浑浑噩噩，几乎摧垮了他的整个世界。

半年后，他的手机上不知何人发来了她风情万种卧在他人身旁的酒店照片，他才如被响雷击顶，五脏俱裂。

孟婉如留在桌上签好了字的一纸离婚申请，是压垮他的最后一根稻草。

最后一次见到她，是一起从民政局走出来，她背对着他，那被他抱在怀里无数次的身影依然苗条美丽，声音依然温柔却充满悲伤，她说："等会儿你记得去接小南放学。"

他眼睁睁地看着她挎着她的小包,上了一辆公交车,她的背影美丽熟悉,他却没有勇气问一句,她要去哪里。

就像一缕空气,消失在人海,原本就是孤儿出身的孟婉如从此再未出现。

多年后,在夏栖小镇上,方家的别墅里,魏锋拿着一张意外出现的孟婉如的照片,心里已经沉积多年的记忆再次被无情搅动。

他恍恍惚惚地想到,方柯的父亲方宝剑,发迹于明城,竟然与他出事之城是同一处。

他们都曾同住在明城。

他和孟婉如带着南玄在明城幸福地生活着的那些年,也正是方宝剑和他的儿子们在明城里混得风生水起的岁月。

那么,消失的孟婉如,变心抛弃了他们父女的孟婉如,改变了他一生的孟婉如,他深深爱过的孟婉如,和方家的人,难道有什么联系?

他不敢想下去,只觉得手越抖越厉害。

照片上的孟婉如,不言不语地朝他笑着,笑得那么甜蜜,像是所有忧愁都不曾落进眼里。

也就是这一天的晚上,夏栖中学发生火灾。

南玄差点葬身火场,而方柯救出她后,自己却被人刺成重伤。

所有的谜团都来不及解开,而变故永远来得太快。

繁
花
盛
开
的
夏
天

抓住她

— *Chapter29* —
summer

他从来没有问过她，
但他却是世界上最了解她的人。

单调而微小的电流声，在寂静的空间里，是唯一可辨的声响。

如果在平时，方柯可能会感到烦躁，但此时，这些极细小的动静，对他来说，也是莫大的刺激与安慰。

他还活着。

像是有风在刮过他长久静止而混沌的大脑，有些吃力，但阴霾终于一点一点散开，天空等到了神奇的魔法橡皮，擦去污渍露出本来的色彩。

他似乎睡了很久很久，久到他以为自己已经不可能再醒过来。

但是，方潜不能死，魏南玄不能死，他都不允许他们死，怎么能允许自己先死？

所以，他还是活过来了。

他静静地等着，一点一点地体会着身体的每一处神经末梢缓慢地传递来的细微感觉。

不管是难受的、沉重的、痛苦的，还是轻松的。

那都是活着的证明。

很少有在 ICU 病房长久昏迷后恢复意识的病人，在初醒时能够如此冷静与安静，他们总是惊慌失措，用尽最后一点力气挣扎呼叫。

因此，对方柯苏醒已经不抱什么希望的黄护士都没有发现，他已经睁开了眼睛。

半小时后，黄护士忙完了手上的事，想到要到每日探视时间了，于是过来看了看。

这一看，经历无数人间生死已经波澜不惊的黄护士心头，竟如有惊雷滚过，一时间耳朵嗡嗡作响。

病床上的少年，她已经看了整整一个月。

即使终日紧闭双眼，他也依然有着令人惊艳的容颜。

日夜不休的高烧让他原本应该苍白如纸的面孔变得潮红，微抿的唇和高挺的鼻梁令他的面孔如雕像般俊美，而一直如栖息蝴蝶般静止不动的长长的睫毛，则令他的处境更添上几分令人疼惜的色彩。

微弱而昏暗的灯影下，已经人过中年的黄护士不止一次地盯着少年的脸，生出天马行空的幻想：他经历了什么？为什么会遭遇这样的事情？

她想，这个叫方柯的少年，一定是一个和他那个每日必来探视的哥哥方潜一样温柔的人，每当方潜沉默地握着弟弟的手一动不动地凝视着弟弟的脸度过那珍贵的三十分钟探视时间时，护士都会觉得自己快要被这画面感动得掉下泪来。

她明明已经很多年不为这天天上演着生死悲剧的重症监护室内的病人落泪了。

　　可是，当她的目光与病床上睁开了眼睛的方柯的目光对上时，她才知道，自己之前对这少年的猜想，是多么错误。

　　她从来没有见过在 ICU 的病床上露出那样清冷平静的目光的病人。
　　毕竟，这里和死亡的关系，如同握手。
　　那少年睁开的双眼里，根本没有想象中的温柔、委屈、害怕，也没有惊慌、诉求、高兴，他看到的护士就是护士，看到的病房就是病房，对他来说，这些都不具备特别的意义，他仅仅只是在面对他看到的一切。
　　他就是这样的一个人。
　　然而，这样的环境与容貌加上这样的清冷目光，却制造出了一种特别的魅力来。
　　黄护士的心，不由自主地怦怦猛跳了起来。
　　她为自己感到丢脸，眼前躺着的，可是一个才刚刚十八岁的少年啊。

　　"你弟弟刚刚醒了！"
　　黄护士欣喜的声音，令一直静坐在 ICU 外的走廊上的方潜，突然全身大震。
　　他并不是那种很容易喜怒形于色的人，但是这一刻，他的眼泪不受控制地冲出了眼眶。
　　他问不出一句多余的话，看到黄护士笑着为他打开门，他甚至都表达不出一句感谢，就失态地冲了进去。
　　方柯静静地看着冲进来的方潜。
　　他在判断，他躺在这里，应该时间不短了。因为方潜本来就消瘦的脸，变得更瘦了，虽然还是把自己收拾得挺清爽帅气的，但明显眼皮下面的青色，不是一天两天了。

"魏南玄。"

方潜看着方柯在纸上写下的这几个字，一时犹豫。

他其实一直猜不透他这个弟弟的想法，有些时候，他觉得他们兄弟俩其实内心是倒过来的，弟弟是哥哥，而哥哥其实是弟弟。

至少这小子比他要坚韧得多。

从出事到现在，已经一个月零三天了，他终于从鬼门关回头。

而喉咙还发不出声音的时候，他竟然急切地要来纸笔，写下那个女孩儿的名字。

看到方潜犹豫的神色，方柯又吃力地抬起右手，在纸上画道："抓住她。"

最后的一笔，终于散了力气，手一歪，笔尖滑出老远，拖在纸上的印迹，像他无力说完的话。

方潜抓住方柯的手，轻轻紧了紧，无声地朝他点头。

再一次回到夏栖，已是五月的蔷花季。

街道上的风依然清澈如昨，闻不出曾经燃烧着死亡的烟火之气，只携着依稀的花香，仿佛什么危险也不曾发生过。

只是，方潜走了一圈，才清楚地知道小镇上的人事已经有什么不同。

顾念乔退学了，纵火的事最后没能找到证据落实于她，但她也已经精神崩溃，无法再面对这残酷现实。

张佳伟因故意杀人罪已被关押，虽然还未成年，但一定也重罪难逃。

因为迁怒，方宝剑辞退了南玄的爸爸魏锋，因此方潜花了点时间，才找到魏锋的家。

可魏南玄已经不在家了。

直到此时，方潜才明白方柯在纸上画的"抓住她"是什么意思。

方柯出事后的一周，魏南玄悄无声息地离开了夏栖。

她离开了她曾经拼命想要抓住的那个家，离开了她人生中仅存的一点点可怜的安全感，离开了她高考后飞出夏栖的独木之梦，把自己连根拔起，放逐到了茫茫人海。

或许，方柯在醒来的第一时间里，就意识到了这一点。

魏南玄看似坚强稳定的心里，早已绷得如同一根失了力的皮筋，再加一点外力，就会瞬间绷断。

他从来没有问过她，但他却是世界上最了解她的人。

甚至超过她自己。

而方潜不知道的是，那一日，当南玄在小镇医院的病房里苏醒过来，她听到的，是怎样一个残酷的故事。

爸爸在她的床边，警察也在她的床边。

阿乔想要烧死她，是方柯救了她，最后张佳伟刺伤了方柯。

方柯被他家送往了明城最好的医院，然而最好的医生都说，他被捅穿了心肺，能抢救回来的几率，微乎其微。

那个夜晚，她应阿乔之约，偷跑出去，以为只是赴一场少女间微酸之约。

她从未想过，那是一场永远不能醒来的噩梦。

那个总是表情冰冷的少年，原来他才是她生命里最温暖的救赎与等待，他从刺目的火光里向她走来，全身燃烧着，带着清冷的淡泊的笑意，却紧紧地把她抱在怀里。

他明明说，南玄，我们一起离开这里。

可是，她把他推进了地狱，自己独自留在这里，不敢追去。

如果，那一夜她不去赴阿乔的约……

人生从来，没有如果。

魏锋没有能够发现女儿一直清亮含笑的眼睛里，有那么多绝望的阴云，在以前所未有的速度翻卷而至，似大雪倾城。

他在偷偷庆幸这一场火，让张佳伟出事，也让北夏村那些人为了避开风头，而悄无声息地放弃了对他的追债。

他苟且着的人生里，又多出一些喘息的时间，命运三番五次对他施以重掌，他已经成为彻底的逃兵与胆小鬼。

"小南，千万不要和警察说，那些信是你写给方柯的。千万不要承认和他有任何关系。"只剩下父女俩时，他偷偷地压低声音说，"爸爸……爸爸偷拿了方家老人的四万块钱，还不上了……眼下两个老人都被孙子的事刺激得病了，神志也不太清醒，如果方柯也死了，就再也不会有人发现丢了钱了。小南，你要救救爸爸。"

在这广阔而熙攘的世界里，南玄想，她终于只剩下了自己一个人。

再也不用掩饰，再也不用期待，就像那一场火，已经烧去了一个人的人生，她再也没有勇气，去面对魏南玄的未来。

孤零零的病房里，深夜空无一人，南玄安静地拔掉了手背上的针头。

她穿着医院的衣服，如一个幽魂一般，飘出了医院。

她一直走到了火车站，连夜爬上了刚好经过小镇的一列火车，什么都没有带，就这样离开了即将迎来新一季美丽夏天，开满新的鲜花与新的希望的夏栖。

繁花盛开的夏天

十二年后，
明城

— *Chapter.30* —
summer

粉色的伯爵玫瑰的尖刺扎破了她的指尖，
沁出一颗暗色血珠来。

鼠尾草淡紫色的箭形花穗骄傲地昂着头，似是在寻找着天空的微光照拂的方向。

墨绿色的尤加利叶片和新鲜的高山羊齿叶片友好地搭着肩，托着一朵慵懒的白色绣球花。

而它的身边，同为紫色系的桔梗们含羞带怯。

空气里，浮着很淡很淡的植物香气。

方柯静静地站着，低头看自己巨大的黑色办公桌上的这一瓶桌花。

他的侧脸如花般静美，已经是快三十岁的人了，不言不语时，脸庞却依然像个清秀少年。

如果，不和他的目光对视，这种错觉，大概可以一直维持。

"为什么在我桌上放花？"清楚却略为低沉的声音，不似传说中那般冷漠，甚至还带着一点因为语调稍微缓慢而产生的温情幻象。

秘书小妹赶快上前解释。

为什么放花？

当然是讨好试探你啦……

上个月起公司易主，被巨鲸吞并，本月集团决定下派新的执行总经理，就是这位方总，大名方柯。

传说中这位从法国回来的年轻英俊的方总是个神秘而强硬的实力派，她们这些前途未卜的小虾米，能不在新领导到任的第一天想尽浑身解数讨好试探吗？

小妹的心里这么想着，嘴上却恭敬地回答："方总，摆放鲜花是公司的内部文化建设之一，我们公司是做文化创意的公司，美丽的鲜花能带来灵感和愉悦的体验……"

"取消。"

"什么？"小妹没反应过来。

"从今天开始，所有的办公室桌花、会议桌花，全部取消。"方柯轻轻咳了几声，挥手示意小妹离开，"把今天的花也拿走。"

他的语速仍是不急不缓，但也听不出任何的温度起伏。

小妹不安地低下头称是，上前抱起花快速离开。

"魏小姐，对不起啊，以后可能不能订你的花了……"把那束美丽的鲜花细心地在自己小小的办公桌角上摆好，小妹对着电话那头小声地说。

"怎么了？不喜欢今天的花吗？"

"不是的。"小妹唉声叹气，"新来的方总不喜欢花，说以后公司不许订花了，会议桌花也要取消。"

"啊……"电话对面的女孩儿柔声安慰道，"没关系，小妹，谢谢你一直用我们家的花。"

"我们全公司都特别喜欢你的花，花材新鲜，总有新品种，又搭配得特别好！"小妹压低声音说，"也许方总身体不好，对花过敏吧……我看他长得那么好看，可是年纪轻轻，就病恹恹的样子，脸色发白，看到花还老咳嗽……"

桌上的小灯突然闪了，小妹赶快挂了电话，快步跑向方柯的办公室。

一切似乎和刚才她出去时并没有两样，只是方总的手指间，夹着一张淡紫色的名片。

是她刚才不小心落下的魏小姐花店的广告名片。

"公司一直用的，是这家的花？"方柯的语气淡淡的。

"是的。"小妹点头。

"这位魏小姐，今天在不在店里？"

"啊？"小妹茫然，"魏小姐早上还来送过花的……"

"你出去吧。"

修长的手指在淡紫色的仿佛还带着花香的名片上划过，方柯又轻轻咳了几声。

是了，那三个字，分毫不差。

这个名字，很难撞名，所以，一定是她了。

有生之年，狭路相逢，终不能幸免。

魏南玄。

小妹把办公室的门轻轻关好，小步碎跑着回到了自己的座位上。

这位方总的眼神真是杀伤力太强了，正面看人的时候，明明没什么凶恶表情，但眼睛的深处，却仿佛有着千年寒冰碴儿，让人脖子后边莫名生出一层毛毛汗来。

但什么寒冰也不能冻住小妹八卦的心哪。

"魏小姐，有转机！你是不是和我们方总是旧识？他刚才问起了你！"

"啊？你们方总……"穿着淡绿色围裙，正在整理花枝的魏南玄右手突然一抖，粉色的伯爵玫瑰的尖刺扎破了她的指尖，沁出一颗暗色血珠来。

"是啊，我们新来的那个方总！"

"姓方吗……小妹，你刚才是不是说……他长得好看，但身体不好？他……是不是叫方潜？"

"不是，他叫方柯。"

第一部完

繁花盛开的夏天

元旦晚会

— 番外 —
summer

明星啊……那么，
还有人上台给我献花？

极冷的风，像在空气里拉出了看不见的一条条透明细线，割到行人的脸上，微微刺疼。

而随着风儿上下翻飞的黄叶，则像是五线谱上的串串音符，跳跃出了新年的一点活泼气息。

"这是你们毕业前的最后一个元旦晚会了，虽然老师知道大家功课都很紧，但这次的班级选送节目还是要好好准备一下，南玄，你组织大家弄个大合唱吧，争取所有人都上台露个面。"

放学时，班主任杜老师特意把南玄叫到办公室，好好地叮嘱了一番。

往年，班上报到学校元旦晚会的节目都是班长魏南玄组织安排的。

她很有经验，一向组织得稳妥，次次都受到好评，对她，杜老师是一百个放心。

南玄拿着本子一条条认真记下杜老师的指示。

末了，杜老师又想起什么似的，补充了一句："对了，上次学校针对这次元旦晚会的节目搞的那个全校民意调查，结果出来了。"

五十来岁的杜老师用右手的食指轻轻推了推鼻梁上的金丝眼镜，露出一脸疑惑的表情。

"刚才校领导通知我，说这次咱们班除了正常的选报节目，还要安排咱们班的方柯同学上一个单人节目。因为有很多外班的同学在调查表上写了想看方柯同学上台表演。不过，你知道方柯同学有什么才艺吗？"

似乎是想到了方柯平日里那冷冰冰的性格，杜老师有些内疚地拍了拍南玄的肩膀："老师相信你，一定能圆满完成任务！去吧。"

"什么！元旦晚会上方柯要上台表演节目？！"夏雪捂着嘴小声尖叫起来，一边叫，一边从指缝里不断地漏出止都止不住的笑声。

"夏雪，你觉得方柯会乖乖听从安排吗……"南玄垂头丧气。

"当然不会！"夏雪很快得出了正确答案。

"所以啊，我都不知道怎么和他提……"

"南玄，你一定要搞定哦！"花痴当前，夏雪根本就懒得理会南玄的心情，一心继续自己的话题，"哇！他会表演什么呢？唱歌？跳舞？武术？讲相声？胸口碎大石……"

南玄默默地在心里给夏雪的脸上贴上了"此女已疯"的标签。

她还是一个人躲在边上苦恼吧。

"方柯同学，是这样的，学校通知你准备一个节目，参加这次的校元旦晚会……你愿意出个什么节目？"

方柯盯着手里的钢笔，笔轻轻地在他手指间转动着，节奏丝毫未变。

"方柯同学……我们商量一下好吗……"勇气像水袋破了一个洞，漏啊漏啊。

方柯继续转笔，像根本没听见有人在边上对他说话。

"方柯，你看，马上就毕业了……"

"魏南玄。"就在她口干舌燥走投无路的时候，方柯突然开口了。

"你就这么害怕完不成学校交代的事？"

南玄点了点头。

似乎是有些意外于她的坦率，方柯偏了偏头，终于把脸转过来面向了她，语气却仍是漫不经心的："你要完成任务，所以就说服我上台当小丑？"

"你怎么会是小丑？"南玄脱口而出，"你看全校的调查居然有那么多外班的人都认识你，写了想看你表演，你上台以后一定是和明星一样的待遇吧。"

"哦。"似乎对她这样天真的答案感到有点好笑，方柯无声地嗤笑了一下。

"明星啊……那么，还有人上台给我献花？"

"我去献花！"能当好这么多年的班长，也得益于她的性格里有着果断决策的一面，只要能完成任务，上台献个花有什么难。

"好。"

在完全没有防备的时候，方柯一个淡淡的好字，把南玄蒙圈在了当场。

"那……你报什么节目？"

"钢琴。"

"曲子？"

"名曲。"

"……"

元旦晚会当天。

"方柯,晚会晚上七点开始,你的节目在第十个,你一定要准时到啊!"

"哦。"

"方柯,你到底要弹哪首曲子? 真的没问题吗?"

"没问题。"

"好吧……"

"魏南玄。"

"啊?"

"记得献花。"

小镇上根本没有单独的花店,倒是浪漫文艺的夏琴姐,有时会进几扎鲜花放在超市里供镇上的客人订购,提供送花上门。

"南玄,你确定只要一枝……康乃馨?"夏琴认真脑补了一下女生拿着一枝康乃馨送给男生的画面,乐了。

"又不能用班费买……"南玄有点昏昏沉沉地回答,没有抓到夏琴姐的重点。

就这一枝康乃馨,她还得和夏琴姐赊账呢。

"平时多半都是摆在店里自己欣赏到谢的鲜花们,今天可走了大运了。"夏琴一边把南玄挑的那枝花拿出来,一边感叹道。

方柯要表演的消息传开,夏琴姐店里仅有的几扎鲜花瞬间全被买光了。

南玄想: 其实方柯一点都不缺她那一枝吧……

晚会开场的时候，南玄的额头已经像过了火一般滚烫，身上却阵阵发冷，连走路都有些轻飘飘的。

她知道自己发烧了。

这几天中午组织大家排练大合唱嗓子都累劈了，加上晚上着了凉，扁桃体发炎了。

她咬着牙想坚持，但大合唱一结束，她就眼一黑倒在了杜老师怀里。

"你们快把南玄扶到医务室去！"

杜老师急了，后悔这时候才发现得意学生的不对劲，赶快大声招呼几个女同学。

"方柯还没来……"南玄不放心地想挣扎。

全班大合唱方柯就没有参加，这会儿更是人影都没看到。

"这小子，要是轮到他还不出现，我……算了你先去医务室躺着，快去！"

一个小时后。

"啊啊啊南玄你怎么了？怎么烧得这么厉害？"夏雪扑到南玄的床边抓着她的手用力摇，摇得南玄的头更晕了。

"方柯……方柯他上台了吗？"她现在就关心这个问题。

"上台了。"

南玄长吁一口气，一颗心扑通一下落回了原处，瞬间感到汹涌的倦意袭来。

"可是……"夏雪欲言又止。

"怎么了？"

"他弹了一首《两只老虎》……"

"《两只老虎》？！"

想到方柯一脸漠然地弹着这首儿童歌曲，南玄沉默了。

"啊啊啊啊啊，可是好帅好帅好帅呀！全场都在尖叫！我终于鼓起勇气冲上台送了一大束百合，哼，顾念乔居然不要脸地送了一大捧红玫瑰！早知道我早上就把我姐店里的红玫瑰都偷偷扔掉……"

是吗……

南玄哭笑不得，目光默默地转向了医务室简易的床头柜上那枝孤零零的粉色康乃馨。

镇上买花的人少，夏琴姐只进了这三种最常见好卖的花：玫瑰、百合和康乃馨。下午选的时候，南玄不好意思选有着特别含义的玫瑰和百合，所以只好选了一枝康乃馨。

不过，有这么多人送大捧的花，方柯应该也不缺她这一枝了吧。

"只送你到这里，真的可以吗？"夏雪不放心地再次确认。

"真的可以了，你就不要再多走一段路了，这么晚，你姐该等急了。你看，过了前面的路口就是我家了啊。"南玄推推夏雪，"你快回去。"

看着夏雪的身影消失，南玄按了按依然很疼的头，慢慢向家里走去。

风，好像越来越冷了呢。

"魏南玄。"一个比夜风更冷的声音突然响了起来。

"方柯？"在这里看到方柯，南玄比听到他上台弹儿歌还吃惊。

印象中，他家根本不在这个方向啊……

"你生病了？"方柯从路灯的阴影里慢慢走过来，他仍然穿着一身的黑，哪怕走到了路灯的向光面，也依然有一种他就是夜色的一部分的错觉。

"嗯。"南玄有些受宠若惊，"遗憾没能看到你……弹《两只老虎》……"

心里的调侃不小心说出来了，带着一抹无法掩饰的笑意，也许是高烧的原因，她的脸在路灯下变得异常红。

"拿来。"方柯朝她伸出一只手，言简意赅。

"什么？"南玄一下子没明白过来。

方柯有些不耐地闭紧了双唇，微倾了身体，长臂一捞，把她背在身后的左手紧捏着的那枝康乃馨夺走了。

他的手指，摩擦过了她滚烫的手心，激起她异常的紧张。

"你……今天不是很多人送你花吗？那些花呢？"南玄糊涂了，他追到这里，不会就是为了抢走这枝小花吧。

"我只是不喜欢有人说到做不到，"方柯轻轻地冷哼一声，"校医不是给你吃了药吗？是让你站在街上吹冷风的吗？还不赶快回去？"

午夜的天空，飘起了一点一点的碎雪。

透明的玻璃瓶里，粉色的康乃馨在清水里重新焕发了生机。

方柯用长指截了一下花瓣，手边接着方潜的电话。

"小木，还没睡？"方潜温柔的声音。

"这句话应该是我说，我就知道你还没睡。"

"今天表演怎么样？"方潜轻轻笑了一声。

"挺好，弹了首《两只老虎》给她们听。"想到他弹儿歌时台下的各种表情，方柯也不禁恶作剧得逞般无声地笑了。

方潜惊讶地咦了一声："怎么弹首儿歌？之前你不是说要弹《献给爱

丽丝》的？"

"心情不好，临时换了。"方柯哼了一声，一只手开始灵活地脱去上衣准备洗漱上床。

"谁又惹我们小木心情不好了？"

"哥，你说，居然有人……送我康乃馨这种老妈才收的花，我心情能好吗？"

窗台上的康乃馨无辜地沉默着。

怪我咯……

元旦过后，初雪落尽，新的一年来到了。

繁花盛开的夏天

愿我们终将
得到救赎

— 后记 —
summer

　　这一次，我依然写了一个从懵懂清澈的开始，爱到心思笃定的很久以后的故事。

　　熟悉我的读者应该都很清楚，我似乎是偏爱创作这样的故事的。

　　而这一次的方柯、方潜、南玄，比起安之、彦一和封信，又让我有些不一样的心疼。

　　我有个朋友，是很有名的心理医生，他说，他接触过的病人，多数发病的根源，都可以追溯到他们的童年。

　　那是人类最无助的一段时光，无力反抗命运的安排，被迫接受着种种雕琢，有时幸运，有时不幸。

　　最后留下的，也许是永生无法抹去的伤痛烙印。

　　方柯也好，方潜也好，南玄也好，都是这样内心有伤的孩子。

　　而让我心疼的是，他们都不肯放弃。

曾经被父母捧在手心，像无数温暖家庭里的小公主一样被宠爱的南玄，一夜间成为寄人篱下、失去温暖依靠，甚至连生存都岌岌可危的可怜虫。

她挨过无数很黑很冷的夜，她惊慌，她恐惧，她根本无法预知明天还有什么更糟的事情在等待，每一点疼痛都那么陌生，而她不知道她要咬牙忍受多久。

但她真的忍下来了。

不但忍下来了，她还努力地微笑着，不肯堕落，不肯逃走，不肯成为一个不够美好的人。

她就像岩缝里顽强挣扎探出头来的小花，她值得最好的对待。

同样不肯放弃的，还有被一起冤假错案牵连，放逐到了同一个小镇的少年方柯。

他沉默，叛逆，充满不可知的危险，从不按常理出牌。

然而，在他冰冷的表象下，他清楚地知道自己的目标：他绝不妥协。

他绝不接受命运强加的安排，不接受哥哥方潜的软弱，不接受任何一个悲伤的结尾。

如果命运是本翻不开的书，他也必要将其改写。

还有方潜。

心理病人的苦痛，旁人永远无法体会万一。

温柔的笑容、得体的举止、善良的软弱，似乎已经是他对这个世界的常态。

他身在地狱，却仍然不愿伤害任何人，唯一的选择，就是伤害自己。

这样的几个人，他们应该得到救赎。

然而命运却总像个顽童，将世人反复捉弄。

在《繁花 2》里，他们将再次重遇，而前路，却仍不是一片阳光坦途。

年少时那长满了常青藤的灰墙，已经默默倒塌，而横在心里的墙，又何时能够消失？

最后，献上一小段《繁花 2》的试读片断，供大家解馋。

准确上市信息，请留意新浪微博 @烟罗猫猫，这一本，应该不会太久。

烟罗

2016 年 1 月 14 日于长沙

又：我的另一本散文集《贝壳》近日即将上市，喜欢我的千字文的读者可以关注，这可能是我出版过的，内容距离我的真实生活最近的一本书了。

谢谢你们一直以来的支持鼓励。

繁花盛开的夏天 2

精 彩 试 读 ///

时光的旧琴弦

— *Chapter 1* —

summer

如果时光可以重来，
她愿意付出一切，
去交换眼前这个人的健康，
还有快乐。

清晨五点，从荷兰空运过来的新品种玫瑰到了机场。

南玄迫不及待地去机场提回了花，回来已是日上三竿，花店的店员满意和飞飞已经给店里过夜的鲜花修好了枝叶换好了水，开始着手整理昨天晚上收到的网络订单了。

南玄小心地指挥着工人从车后将花箱先抬进仓库……

她突然看到店门外站着一个人。

已经是初冬了，可那人还穿着一件脏得看不出颜色的薄线衫，大概是因为冷的缘故，他的双手双脚总是神经质地抖动着，但他的目光却是一如既往呆呆地盯着店门口花桶里的新鲜花朵，仿佛分秒也舍不得挪开。

南玄擦了擦手，走了出去。

"明先生。"她这样招呼他。

被称为明先生的男人听到她的声音，身体又剧烈地抖动了一下，有些茫然地抬起头来，目光似在寻找着焦点。

这附近的人，都叫他大傻明，只有这个花店的老板姑娘，坚持叫他明先生。

他抽了抽嘴角，却没说出什么。

"早上店员们自己打了些热豆浆，你也喝点吧。"南玄递过来一个包好的纸袋。大傻明下意识地伸手去接，触手是满满的暖意。

一股热流从手指尖一直蹿遍全身，让他起了一层细密的鸡皮疙瘩。

他迫不及待地拿出纸袋里的豆浆，咕噜咕噜地喝了起来。

纸袋里还有几个巨大的包子，看起来是肉馅的，还冒着热气。

真暖和，真好。

"这里还有些我弟弟的旧衣服，这小子太不像话了，衣服经常穿一两次就不喜欢了。明先生如果不嫌弃，可以拿去。"

年轻美丽的女老板又递过来一大包整理好的衣物，用一个大袋子装着。像是对这样的施舍始终有些不好意思，她担心自己的措辞一不小心就会伤到对方的自尊，因此小心观察着他的脸色。

明先生的眼里露出了感激而喜悦的光，他接过那个大包，搂在怀里。

嘴唇掀了又掀，到底还是对她说了一声"谢谢"。

声音有些混浊不清，但南玄显然如释重负地高兴了起来。

她又一弯腰从身前的花桶里拿出两枝开得真好的紫色桔梗来，递给明先生。

"不用客气，祝你一天都有好心情。"

"魏南玄。"

熟悉的男人的声音冷冷地响起。

黑色的高级轿车里，穿着厚厚羊毛大衣，脖子上还裹着某专柜当季新款羊毛围巾的高大男人，钻出了车门，径直向她走来。

围巾很大，层层叠叠缠绕着堆积着，几乎挡住了他漂亮鼻子下面的所有部分。

这使他的声音听起来有点儿闷，不似平日里清澈，但语气里的冷淡和固执却仍然分毫不差。虽然已经是初冬，但已经裹成了严寒下雪天的样子，那是因为他的身体，对冷空气极其敏感，他的身体对于气候变化的抵御适应，甚至不如一个像她这样的普通姑娘。

他的身形依然挺拔高大，目光依然冷峻淡漠，仿佛时光并没有在他身上留下什么痕迹。

但南玄却会在每一次见到现在的他的时候，都无法自控地想起十七岁那年在夏栖镇上蓦然出手的那个少年。

他那么强悍，那么张狂，那么无所顾忌，那些宛若慢镜头的凌厉动作，那些喷溅而出的星点血花，少年漂亮而满含挑衅的眼睛闪闪发光，像一把肆意燃烧的野火，美得惊心动魄，仿佛永远不会熄灭。

是她，把这团野火，变成了现在的病弱模样。

如果那时，她不去赴阿乔的约，他也不会遭遇那场杀身之祸……

如果后来，她不自私地扔下生死未卜的他，独自崩溃逃离夏栖，也许，他现在对她的恨，会少一点点……

她心里一阵刺痛，脸上却绽放出最温柔的笑容来。

"怎么这么早出来呢，外面太冷了，快进来。"

大傻明已经缩到了店角边，飞快地掏出了南玄包好的衣物，有厚厚的线衫，还有羽绒服，好多件。

他一件件胡乱往身上套，一层又一层，直到套不下，才心满意足地叹了一口气。

这个冬天，应该好熬一些了。

他咧开嘴，想给好心的女老板看看，却发现女老板正拉着那个刚从黑色豪华轿车里下来的男人进店。

她那么温柔的目光，仿佛丝丝缕缕全部都牵在了那男人身上，竟是再也没有半分，漏给这个世界的其他地方。

当然也包括他。

他呆呆地站在那里，手上还拎着没套上的衣服，脚下是刚才随意丢弃的包豆浆的纸袋。

似乎是有所感应，那个穿着银灰大衣，露出来的面庞部分皆苍白如纸的男人，忽然转头淡淡地看了他一眼。

他的目光里，并没有嫌弃和厌恶，但也没有任何的同情和慈悲，仿佛他见到的，只是最平常不过的一棵树或者一点灰烬。

他的目光里，根本没有人类所该有的感情波动。

这种目光，却让刚刚才觉得暖意满身的大傻明，身上像突然被扎进了一枚冰锥子，一下子寒到了脚底。

"到里面坐吧，这里太冷了。"看到方柯停在了一束火红的冬青面前，似乎对这种挂满果子的硬枝产生了几分兴趣，南玄柔声劝道。

鲜花都不耐热，即使是在隆冬时节，店里也不能打开任何取暖设备。

但是现在的方柯对温度却异常敏感，稍有凉意，就会引发他身体的不适。

那一年，张佳伟的刀，狠狠地洞穿了他的肺部，而后又引发了一系列严重并发症，他九死一生方还魂归来，身体从此却差到了极点。

这些，都是他重新出现在她面前后，她一点一点从他的助理姜云凡那里拼凑来的碎片。

而方柯，他什么都没有说。

比起年少时，他现在更加沉默。

停好了车的姜云凡，匆匆从店外穿行而来，熟练地将一个充好了电的手炉塞进了方柯的手中。

姜云凡今天穿着一身剪裁合体的精致黑西装，结实劲瘦暗含力量的身形，颇有几分像国际大片里的冷面杀手，只是，他的面孔却是典型的东方式的精致清秀。

从见到他第一面起，南玄就隐隐感到，在姜云凡身上，似乎能看到几丝年少时的方柯的影子。

也许是因为这样，向来生人勿近的方柯，竟然接受了姜云凡与他形影不离。

"要进去坐会儿吗？方总。"他的提醒显然比南玄有用。

方柯微微点了一下头，信步走进了里间的小办公室。

小小的空间，以前是南玄和店员们轮流守店时的临时住处，现在却被南玄弄得分外干净温暖，精致的独立取暖器将房间烘得暖暖的。

似乎仍是受到了室外冷空气的刺激，方柯突然呛咳起来，难以忍耐的一连串咳嗽声像是要撕开他的胸腔般，饶是他拼命压抑，却仍然滚滚而出。

一瞬间，他苍白的面孔已经染上了两片异常的红晕，他艰难地背过身去，似乎想避开南玄惊慌的目光，但咳嗽声并未停止。

姜云凡从背包里飞快地取出几颗药，让方柯含在嘴里。

过了一会儿方柯的气息才渐渐恢复平顺。

"你哭什么？"方柯把围巾慢慢地解开一圈，长长的围巾随意地搭在依然宽阔的肩上，露出了整张脸孔。

他的声音清楚了许多，刚才的呛咳发作令他似乎有些虚弱，但那也可能是她的幻觉，因为他的表情看起来是那么平静，仿佛刚才那个痛苦不堪的人根本不是他。

他一问，南玄这才发现自己满脸都是泪。

她手忙脚乱地抹着自己的脸，朝他笑着。

"没有什么……你要不要喝热豆浆？"像是突然想到了什么，南玄转向姜云凡，后者一直镇定如树。"那个……方柯……方总他可以喝豆浆吗？"

看到姜云凡微微点了点头，南玄立刻如同被奖励了小红花的孩子一样，欢喜地回身去端豆浆。

"我不喝，你过来。"听到方柯这样召唤，南玄放下杯子，顺从地转身走回他面前。

方柯轻轻地咳了几声，伸出一只手，拇指的指尖轻柔而稳定地擦过她右边的眼角，带走一丝湿润。

他的手指有着被暖炉烘烤产生的短暂的热度。

"魏南玄，收拾一下东西，明天住到我那里去。"

他说话，一向很少用"吧""啊""呀"这样会产生一点温情幻想的语气词，他总是用陈述句，似乎在说的，只是一个通知，一个结论。

这么多年了，这一点丝毫都不曾改变。

但是，南玄发现，她竟然对他，没有一点陌生感。

"好呀。"没有问为什么，就像是他说的，只是"给我一杯水"那样理所当然的事，南玄微笑着仰起脸回答。

一旁的姜云凡难得地露出了一点惊讶的表情。

只有方柯似乎并不意外。

"明天一早，我要姜云凡来接你。"

将方柯送出店外，看着他的车绝尘而去，消失在视线所及的最远处，南玄才转身回店。

满意和飞飞早就按捺不住地扑上来。

"南玄姐！方先生又来看你了！"

"好棒！你是不是要和方先生结婚了？"

"方先生是做什么生意的呀？"

南玄好脾气地笑着，推她们赶快去干活，却并不准备满足她们的八卦心。

事实上，除了确认，他还是那个方柯，那个改变了她一生命运走向的方柯，其他的，她也一无所知呀。

只是，那些有什么重要呢？

他还活着，他重新出现了，他向她伸出手来，她想，他应该恨她，讨厌她，用一千种方式折磨她，或者完全忽略她。

那些，她都可以接受，就算是他要领她下地狱，她也甘愿。

如果时光可以重来，她愿意付出一切，去交换眼前这个人的健康，还有快乐。

这些年来，没有人知道，对她来说，最深的黑暗是什么。

并不是独自行走在铁轨边的无助，也不是流浪在桥洞下的凄凉，不是病倒在异乡的绝望，甚至不是得知球球生了重病后的剧痛。

是一个似乎永远也没有结局的噩梦。

在梦里，黑衣的少年抱着她，他说：魏南玄，你跳出去。

他把她抛起来，抛向天空，抛向希望。而转眼间，他清俊的脸被熊熊大火淹没。

她清楚地知道，那不是梦，那是真实发生过的，她给自己刻下的诅咒。

她以为能够解开这个诅咒的钥匙，已经永远消失在这世间了，方柯，就是她的钥匙，她丢下了他，变成世界上最可耻的逃兵。

可这一次，她绝不再逃。

《繁花盛开的夏天 2》2016 年 9 月上市，

魏南玄与方柯多年后的重遇篇，敬请期待

更多《繁花 2》最新章节试读请关注烟罗个人微信：yanluo314。

烟 罗 官 方 文 学 站 开 通 公 告
《繁花盛开的夏天 2》
立刻免费阅读！

微信扫描二维码即可进入

内 容 包 括

烟罗最新书讯和过去未来所有长短篇小说免费阅读站

烟罗自己更新的心情随笔和日常照片

各种线上赠书抽奖互动等烟罗读者活动

封信、方柯、彦一、安之、南玄、阿乔等番外小剧场

《星星上的花》《繁花盛开的夏天》等烟罗作品同人小说创作活动平台

STAFF/ 制作团队

大鱼文学工作室

【总策划】
苏瑶

【副总策划】
杜莉萍
宋惜菲（邵年）

【执行主编】
杜莉萍

【文字编辑】
杜莉萍

【视觉设计】
刘艳　李雅静

【封面和插画】
决明　等

【版权和媒体运营】
赵婧（zhaojing@dayubook.com）

【校对】
雷双

图书在版编目（ＣＩＰ）数据

繁花盛开的夏天 / 烟罗著. -- 贵阳 : 贵州人民出
版社, 2016.4
ISBN 978-7-221-12083-0

Ⅰ.①繁… Ⅱ.①烟… Ⅲ.①长篇小说－中国－当代
Ⅳ.①I247.5

中国版本图书馆CIP数据核字(2016)第065773号

繁花盛开的夏天

烟罗　著

出 版 人　苏　桦
出版统筹　陈继光
选题策划　大鱼文化
责任编辑　胡　洋
特约编辑　杜莉萍
流程编辑　胡　洋
装帧设计　刘　艳　李雅静
封面摄影　小　刘
出版发行　贵州人民出版社（贵阳市观山湖区会展东路SOHO办公区A座
　　　　　邮编：550081）
印　　刷　长沙超峰印刷有限公司（宁乡县金洲新区泉洲北路100号 邮编410600）
开　　本　889×1194毫米　1/32
字　　数　180千
印　　张　9.5
版　　次　2016年6月第1版
印　　次　2016年6月第1次印刷
书　　号　ISBN 978-7-221-12083-0
定　　价　29.80元

感谢阅读

感谢有你

星星上的花

XINGXING
SHANGDEHUA

作者首本撒糖番外书

烟罗
作品

世上最美好的暗恋结局:
你爱着他时,他也刚好爱你。

目录

(CONTENTS)

猫狗大战

XINGXING
SHANGDEHUA

她错了，
封医生的情话技能
也在突飞猛进

安之是非常敬业的性格，生下女儿小甜饼才四个月，就恢复工作了。

她在赶一个给出版社画的儿童绘本。

绘本画的是一个金发的可爱宝宝和一条威风凛凛的大狗一起相亲相爱长大的故事。

宝宝很娇憨，狗狗很忠心，故事很治愈。

安之一边画，一边时不时用目光扫扫身边摇篮里自顾自专心啃着白嫩嫩小脚丫的乖巧小甜饼，心里微微动了动。

晚上，封信准时下班了。

今天的病人一如既往的多，但结婚以后，他便不再加班和熬夜了。

人生有所得必有所失，封医生经历了种种后，原本就宠辱不惊的性情越发温润柔软起来，与安之结婚快两年了，两人竟未红过一次脸拌过一次嘴。

推开门，屋里是初亮起来的暖色灯光，身后是黄昏天空里尚未褪尽的一线缤纷霞光，封信一边从容优雅地舒展着纤长有力的手指，解开带着一丝寒意的外套，一边将目光投向那个牵挂的身影。

安之围着素色的围裙，在餐桌边忙碌着，听到门响，她像受惊的小兔子一样蓦地转过头来，目光正好对上封信扬起一眼笑意的样子看向她。

她的心"咚"一跳，一股又酸又甜的滋味冲击了喉咙，脸上竟涌出了可疑的红晕来。

这么多年了，她于青春最美时遇见他，于历经岁月后重寻回他，那颗心的甜美悸动，就没有一刻甘心停歇。

即使无数次地被他真实拥抱在怀，吻落如雨，然而她对他的渴望，却依然如圣殿里永不熄灭的火种，似乎可以燃烧到时光尽头。

她不知道，封信最享受的，也是她这般永如少女的纯净之心。

他是她的星球上唯一的花朵，这不是一句简单的情话或承诺，而是她用一生的漫长琐碎来向他证明的长情。

他本是无甚情趣的南极冰原，却也被她牵引着，走向了繁花盛开的温暖人间。

"你回来了。"匆匆迎上前来的脚步有些羞怯，却在下一秒，被男人的手臂轻轻一拉，准确地拥入清瘦却宽厚坚实的怀抱中。

清冽醒神的药草香气灌满鼻腔，还有他稳定而有力的心跳。

一个温柔的吻贴近额前，在如丝的发间印下，安之蓦然间收紧无措的手指，像每一次亲昵时一样，毫无意外地抬手抓紧了封信的袖口。

封信却反手抓住了她的两只手腕，从善如流地带领着她的手，绕过他的身体，顺着他的脊背，一路滑到他的腰间，再在身后将她的手指轻轻交缠在一起。

安之有些气息不稳地埋头在他的胸前，静静地站着，享受着这个他们之间的小小游戏。

封信从来不是多话的人，而她也足够文静，结婚快两年了，他们之间竟然毫无半点交流的偏差。

他的一个眼神，她便明了意义。

她的一个呼吸，他便心知肚明。

餐桌上，头发雪白的封老爷子不停地逗弄着摇篮里的小重孙女儿，看上去竟比两年前还更加精神矍铄。

"安之啊。"一边吃饭一边开着小差的老顽童突然想起了什么，提高声调道，"留意一下有谁家的狗下崽儿了，咱们再抱条狗回来吧，陪着饼饼一起长大。"

安之心里一喜，她今天画绘本时，正好生出了这样的念头。

陪伴封家多年的老狗郭靖，在去年初雪落下的日子，安详地闭上了眼睛，那一阵子，虽然碍于安之刚刚怀孕，封家爷孙两人都表现出了男人的冷静与克制，但细心如安之，却仍然知道，对于极重感情的他们来说，这是多么悲伤的离别。

而今，如果封家重新开始饲育一条小狗，让它和小甜饼一起有爱地长大，对失去了郭靖的老人来说，也不失为一种安慰。

安之乖巧地答应着，又详细询问了一下封老爷子对狗崽的意向需求，默默地记在心里。

不过，有个想法她却没有说出来。

那就是，其实，比起小狗，她更想要一只小猫。

安之喜欢猫，从小就喜欢，但妈妈一直不允许她养。

后来工作了，虽然有了独立的空间，但毕竟是租房而居，工作又不稳定，怕担负不起对小生命的责任，因此这份遗憾就一直保留着。

早上在画绘本图的时候，她就动了心思，想晚上等封信回来，和他说说小猫的事，可没想到，晚餐时爷爷就提出了要一条小狗，孝顺的安之当然不忍让老人失望。

毕竟她深知，爷爷想要一条小狗，除了想要它陪伴心爱的小重孙女儿，也寄托着对逝去的老狗郭靖的思念。

她只得将对小猫的渴望再一次埋进心里。

过了几天，安之已经在网上寻到了一条品相不错的家养金毛狗崽儿，一番联系确认后，她便自己开车去把狗崽接了回来。

路上，狗崽温顺地趴在她的腿上，时不时用毛茸茸的小脑袋蹭她握着方向盘的手，弄得她痒痒的，心里也生出千丝万丝的温柔来。

她已经想好了，就叫它乐乐吧，虽然名字俗气了点，却是她对这个家最真切的希望，希望它的到来，带来更多的欢乐……

到了家的乐乐，一撒手，立刻钻进了沙发下面，还没等安之唤它，它却突然又连滚带爬地蹿了出来，呜呜地惨叫着，像是受到了什么惊吓。

还没等安之反应过来，一个白色的东西就滚进了她的视线。

雪白的、毛茸茸的，两只小爪傲娇地放在身前，小身材直直地蹲坐着，一条灵活的尾巴在身后优雅地盘了一圈，明亮机灵的眼睛警惕地看着她，小嘴一张突然发出了极其绵软的一声："喵……"

一只猫！

一只漂亮的小猫！

一只和她在梦里幻想拥有过的小猫一模一样的小天使！

不过，和幻想中有所不同的是，此刻，在她的脚下，还有一条瑟瑟发抖的小怂狗，正朝她呜呜求救……

小奶猫高冷地一扭脸：狗东西，刚才打脸可爽？

小奶狗以爪抱头呜咽：猫姐姐，以后能不能打狗不打脸……

封信悠然地从楼上走下来，手里抱着小小的一团女儿，甜饼在爸爸怀里笑得咯咯响亮，加上猫和狗的对话，原本一向清静的封家，顿时吵成了一锅粥。

封信含笑看了一眼蒙圈的安之，低头对女儿说："这下子，咱们家可热闹了。"

于是，小狗乐乐和小猫欢欢就在同一天，成了封家的新成员。

晚上，小甜饼睡熟后，安之溜进了封信的书房，轻轻蒙上了正在埋案而作的封医生的眼睛。

封信也不躲闪，就着她的手侧了侧脸，轻轻柔柔地咬了她的小指一下，电得安之一个激灵，就被眼前的人拉到了怀里，坐在了膝上。

是的，封医生话不多，但是身体力行的小情趣表达倒是越来越娴熟专业。

安之伏在他的怀里微微气喘，脸红心跳着，悄声问："封医生，你喜欢猫还是喜欢狗？"

封信温柔地在她的后颈上印下一吻，轻笑道："猫。"

他的气息钻进她的耳朵，柔软湿润的吻感带着电流，让安之头脑一片空白，她觉得这真是太犯规了，还能不能好好聊天了？

所以她勉力维持住最后一丝清明抗议道："你骗我的吧？以前你都是喜欢狗的。"

"早就换成猫了。"封信不紧不慢，这人永远是让别人都方寸大乱自己还在气定神闲。

"自从两年前开始养猫以后，就很喜欢了。"

"我们什么时候养了猫……"安之疑惑。

好了，封医生已经站起来了，她就在他的怀里，被他搂着，双手环上了他的脖颈。

书房，该熄灯了。

"有啊……一只每天都和我睡在同一张床上的可爱小猫。"

完了，安之把头死死埋在封信怀里，就算熄了灯她也不要睁眼，脸都快烫熟了。

她错了，封医生的情话技能也在突飞猛进……

门外，小猫欢欢又开始揍小狗乐乐。

爱我，宠我，叫我女王，从此以后把每条鱼每块肉都献给我，喵！

向日葵

XINGXING
SHANGDEHUA

彦一，

你追问人生的意义太久了，

而余生里，

我只希望你过得毫无意义，

只有美好时光大把虚掷。

一

米兰见到那个叫彦一的男人第一次，就知道要糟。

她曾经听姐姐说，怦然心动的感觉，是一刹那墨黑的夜空里猝不及防绽放出大朵艳丽烟花的震撼，你在颤抖，欢喜席卷吞噬每个细胞，而你却只觉得一切都惶恐到想要哭泣。

她见到彦一的时候，终于明白了姐姐那段晦涩描述的意思。

原来这感觉是真的存在的。

那个清瘦的男人，穿着松松垮垮的白色棉质睡衣，侧靠在菲尔教授实验室前的走廊墙上。薄薄的天光从窗外投射进来，照在墨绿色的暗花墙纸上，他的一半面孔却隐于黑暗。

像是游离于另一个空间里一般，他若无其事地扬起手指，那手指净白细致纤长，即使隔着几步，也似乎看出那近乎透明的质感来，却又有着一种不同于少年的骨节坚韧感。

在那食指与中指间，有烟雾袅袅升起，令他的面孔更加飘忽，太不真实。

米兰从来没有在以严肃古板暴躁闻名的菲尔教授的实验

室前看过这样的景象。

不，在这所古老学府里，每个学生都彬彬有礼，衣着精致，骄傲如脆纸唯恐落于人后，断不会有这样一个异类，居然穿着睡衣抽着烟毫无形象地在闲逛。

而且，竟然那么美。

美如妖类。

米兰咬了咬嘴唇，这是她紧张时的习惯，也是她决定不向胆怯妥协时的自我暗示。

她深深地吸了一口气，走上前去。

她一向是崇拜勇敢的，她的心里眼里，都是明媚盛开的花海草原，前面的人生里，她没有受过什么挫折，所以理应无所畏惧。

她只是想要走近他，再走近他一点。

"你好，我叫米兰，我可以认识你吗？"

她的几国语言都很流利，然而她一眼认定，他是中国人，和自己一样的中国人。

所以她用了中文。

清瘦的男人微微低了低头，看了看站在面前的女孩，她站得太近了一些，已经超过了一个陌生人的安全距离，他甚至能够看到自己唇间吐出的淡淡烟雾调皮地钻进她的鼻孔里。

他静静地看了她一眼，又缓缓别过了脸去，不言不语。

对这个世界，他一向是没有礼貌的。

米兰却是固执的，她等了很久，定定地看着他，微笑着，她的笑容甜美而温暖，她很好地按住了自己狂跳得生疼的心，想要把最美好的一面展现给他。

但那人似乎什么也没有看见和听见，仿佛指间的香烟就是他的整个世界，他的眼瞳明明空无一物，米兰却总觉得在那看不尽的深处似乎有着万般华彩。

难道自己判断失误？他听不懂中文？

米兰又咬了咬嘴唇，她突然眼珠一转，仰起脸对他说："能借我笔吗？"

不等他回答，她就如机灵的小动物般飞速伸手从他睡衣口袋里抽走了那支只露出了一点木色笔杆的铅笔。

趴在窄小的窗沿上，她唰唰而写，背影纤细如一道雨后彩虹。

二

彦一想，她大概是在写自己的电话吧。

这样大胆的女孩，他也是遇见过几个的，但已经没有一个，他还记得起模样了。

其实，他是很少出门的，以前如此，现在依然如此。

和彦景城一起来到了这方异国土地，定居下来，每天看着天上的云卷云舒，叶子黄了又绿，人声沸了又稀，似乎一切都没有什么不同。

他的世界本来就是极静的，他曾经那么渴望能够有一个声音，来打破这如死的寂静，然而希望消失了，他也能渐渐适应。

不过是回到一个人的样子。

一生那么短，很快就过去了，忍一忍，都会好起来。

他也并不去阻止米兰的动作，一支香烟已经燃到了尽头，他又慢慢地点燃了一支。

是从什么时候开始，学会抽烟的呢？

这样辛辣的香气，曾经是令他无比排斥和厌恶的，但是什么都抓不住的时候，试着点燃它，竟有了一种实实在在的心安。

他并不知道，他精致如画的少年面孔，便是在这抽烟的熟练姿势里，一点一点，有了男人的味道。

也是令女人更易迷恋的味道。

"彦！"

头发花白的菲尔教授大叫着他的名字，像个得了重宝的孩童一般，从门里冲出来，忘形地一把抱住他的肩，用力地摇晃着。

身材瘦小的老教授，在高大挺拔的年轻人面前，蹦跳欣喜如同猴子，这画面怎么看都有几分滑稽，米兰不禁侧目。

"彦！你说得对！鉴定结果来了！这个才是真正的玛格丽特之杯！这是真的！彦！我爱你！我要把我所有的喜悦都分享给你！"

彦一默默地把拿着烟的手挪开了一些，怕不小心烧着了喜而忘形的老教授的白头发。

他安慰般地拍了拍老教授的肩。

"彦！晚上去我家吃饭，我们喝酒！小珍妮念了你好久了，再请不动你，她就要拆了我的老骨头了！"

"教授，我要回去继续睡觉。"不动声色地退出了菲尔教授的拥抱，彦一一只手指了指自己身上的衣服，用标准的英语回答。

他的声音略微有一点点沙哑，或许是一种不欲掩饰的疏离与倦怠，缓慢地、柔和地流过淡色的唇。

但教授已经习惯，他并不是在意这些凡俗细节的人，也因此才能和这个古怪的东方年轻人成为朋友。

似乎直到此时，教授才发现，自己刚才不顾一切地冲到人家住处拉人，是多么不合礼数。

而彦一竟然真的跟他来了。

至少说明他和这个年轻人之间，似乎已经达成了令人愉悦的信任默契。

"喂！"女孩清脆明亮的声音，像春日里绽放的花朵，惊起空气里无声的小小波动，像有一群看不见的蝴蝶，带着香甜的气息飞起。

"给你。"她把一张小小的便笺纸折成了极细的纸卷，飞快地插进了他的睡衣口袋里，棉质的布料温柔地擦过她的手指，所过之处，似是燃起了一片小小火焰。

"这个……送我吧。"晃了晃手中的木色铅笔，她笑得无邪。

她想也许她猜错了，他不是中国人，所以她把她的话换成了英语。

彦一淡淡地看了她一眼，仍未有任何回复，只是微微扬手朝菲尔教授的方向挥了挥，就一步一步身体略微不稳地走出了她的视线。

"兰，你在做什么？"

菲尔教授看着自己得意女弟子的举动，用力拧起了两条长眉。

"教授，我在追求他啊。"米兰笑得像世界上最灿烂的花朵一样，仿佛没有阴影能够落进她的眼底。

"什么？你在追求他？彦？"教授张大了嘴，突然呵呵大笑起来，乐得直拍手。

年轻人啊，新世界啊。

"但是，你们都是中国人，为什么不用中文对话？"

"他是中国人？！他果然是中国人！教授，能告诉我他的名字吗？"

"彦一。"教授在纸上端端正正地写下他不久前才学会的这两个中国汉字。

彦一。

"居然不理我……"米兰用力咬了咬嘴唇，脸上的笑容却未减分毫。

"好吧，我们来日方长。"

三

和着衣服，彦一昏昏沉沉地倒在沙发床上。

以前，他总是失眠，严重到令他快要崩溃的长时间失眠，几乎让他葬身地狱，对黑暗的恐惧使他不得不借助一点点微光，幻想把它变成虚无的太阳。

然而远走异乡后，他却仿佛完全倒了过来，他开始嗜睡。

有时若没有重要的工作，他可以连续睡上二十多个小时，睡着时总有梦，冗长而荒芜的感觉，醒来时却不记得分毫细节。

他的世界像是回到了混沌未开前。

快要睡着的时候，他的手指触到了口袋里滚出来的小小纸卷，略硬的质感轻微刺痛了他的皮肤，他捻起它来，想随手扔到床边，却又停了下来。

鬼使神差般，他记起了那女孩像向日葵般明亮得有些刺目的笑意。

他惊讶自己竟然还清楚地记得她的模样。

于是他轻轻叹了口气，勉强制止住睡意，将那小小的纸卷展开来。

意外的是，纸面上并不是一串电话号码。

是一张小像。

淡淡的铅笔速写，清瘦的男人侧脸如画，袅袅的烟雾里有着妖异的美感，表情却是安静而沉默的。

彦一静静地看了几秒，他承认她有着很好的绘画基础甚至天赋。

扬手将那张小像扔到了书桌上，他终于沉沉地睡去。

梦里，竟然有大片的向日葵田，风如幡旗猎猎作响，而他的心，安静而空茫。

四

阿彦，送你一件礼物！

把手背在身后，神神秘秘的，米兰歪着头笑着，突然伸出右手来，一片金色的光如同神迹闪现，刹那间竟让彦一一向沉默无波的目光躲了一躲。

有些，刺眼。

这硕大的金色的花朵，霸道的浓烈的色彩如古老的绘画献祭者不肯停歇的张扬灵魂，泼洒般占了满眼。

这个位于英国南部的小镇，并不盛产向日葵，因此米兰走过了清风徐来的数条街，才在一家花店里找到这枝花。

这是我最想要送给你的花，因为它吸收了许多许多的阳光，它是温暖的，是友好的，我想把全世界的温暖和友好都送给你，环绕着你。

阿彦，你看！店主还送了我一袋向日葵种子，如果现在种下，明年就可以开花了！

她像喋喋不休的勇敢的小松鼠，固执地向着她心爱的松果靠近。

彦一感觉到自己的心里，小小地晃动了一下。

也许，只是一个恍神？

他并不太确定，他对太多正常人的感觉与反应都那么生疏，在那些漫长的与世界隔绝的日子里，他没有别人，他只有他自己。

他时常分不清他该做出怎样的反应，所以最后，他对世界的表情，就只剩下了沉默和麻木。

安之曾经想要治愈他，封信也曾经想要治愈他，景城小叔也曾经想要治愈他。

他们都是真诚的，然而，他终究没有能够变得更好更正常。

比如现在，他其实不知道该用怎样的表情，来面对女孩如花般灿烂而期待的笑脸，也不知道该接过这枝花，还是该视而不见。

如果，是他所厌恶和恐惧的人和事，他将只有一个反应，就是毫无余地地远离。

但眼前的女孩，他并不厌恶，也不恐惧。

自从在菲尔教授的实验室门口走廊上见到她，她便开始频繁出现在他的周围。

他不知她是怎么能够准确掌握他的出入时间的，事实上，除了去景城小叔安排的私人博物馆上上班，偶尔去菲尔教授的实验室聊些乱七八糟的事，天气好时去镇西的小池塘里钓钓鱼……他剩下的时间，大概都在睡觉。

而她竟然有本事，在十之八九他会出门的日子里，突然从他身边的花丛里跳出来，或者从一棵栎树后探出身子，笑容满面地说句好巧然后大大咧咧地与他并肩而行。

她总是抱着一本书，因为笑得太灿烂，导致谎言都变得不觉可恶。

对生活中这个小小的变化，彦一有些讶异，也有些无奈。

自从一年前和小叔一起来到英国后，他的日子便继续过得平静而刻板。

当然也有不同，比如，他再没有了过去的疯狂与执念，封信和封爷爷的细心医治，似乎真的让他的身体有了飞跃性扭转，然而他深知，只有一点，纵是神医也无能为力——他还需要一颗自己愿意用力跳动的心脏。

他缺少这个。

烟草与酒精带来的些许振作似乎有效。

他渐渐掌握这种释放方式，也获得一定的心安。

有时还会想起安之的脸，若她在，或者会生气地夺过他手中的酒杯与烟，然后随手扯过一条大毛毯把他像个孩子一样裹起来。

然而，这期待，到底是越来越模糊了。

记忆不过几年长。

然而，米兰……

是的，他知道了她的名字，从菲尔教授那老头儿促狭的大笑里。

米兰只是个任性的、充满了新鲜渴望的孩子，她玩着她所热爱的自以为美丽的游戏，但他，毫无兴趣参与。

五

彦一独自居住在一间旧的民宿里，平开的四间屋房，门前是种得稀疏的花树和宽大草坪，并不邻街，所以足够安静。这里距离学校和博物馆的步行距离，恰好都是一八分钟。

他不肯随景彦小叔一起住到他的高级公寓中去，彦景城到底还是闲不住的性格，说好放下一切随心生活，却到底没过半年就接受了往日朋友锲而不舍的邀约，再次涉足商海。

那些彦一都不感兴趣，他现在独自而居，生活规律如同古老钟表，无惧亦无波。

有时晚上彦景城会过来和他一起吃晚餐，现在小叔已经不再如绷紧的弓般担忧着他的人身安全，然而人心总是难平，他从小叔闪烁的镜片后审视的目光里，又看到了他新的渴望。

终于有一天，彦景城忍不住开口了。

"彦一，周末我要飞一趟法国，我的生意伙伴伯恩先生很想见见你，你觉得……"

"伯恩先生家里有个和我年龄相仿的女儿？"他依然是声调有些压抑的平缓，微微沙哑着，目光却是柔的。

"那个……"彦景城一时语塞，呵呵笑起来。

"小叔，其实，该给那些望穿秋水的姑娘一个机会的人，是你。你还想单身到什么时候？"

彦一以前，几乎是不说话的，偶尔开口，也是极其简短，彦景城一度担心他终有一天会失语。

现在他倒是很会流畅地绕圈子了。

那比同龄人略为缓慢的语速，像汩汩的山间溪水，即使有些喑哑却也掩不过原本声线的悦耳，内容却让人心生无奈。

"好好好，我不说你。"

"其实，小叔，下周，我想回一趟中国。"

彦一的手机在手机屏幕上滑动了一下，他现在开始使用它了，但却经常忘记开机。

所以，一周前封信发来的信息，他昨天晚上才看到。

照片里，婴儿的小手紧紧攥成拳，闭着眼睛的样子，甚是甜蜜。

六

"你……"

一大早出现在他的屋舍之外的少女，蹲在地上，穿着一件黑色的线衫，披着长长的黑发，简直像只妖异的黑猫。

饶是彦一再淡定，也免不了吓了一跳。

听到他的声音，米兰蓦地转过头来，小小的白净的脸庞上，眼睛闪闪发光如同钻石。

她的笑容从眉梢一直铺陈到眼底，仿佛没有一处，不在真正的快乐之中。

"长出来了！长出来了！阿彦！你看！"

她指着地面上那一片小苗儿，开心得像个十足的孩子。

彦一无语。

米兰倒是说到做到，那天送了他一枝硕大的向日葵后，就自顾自地跟到了他家，非给他找了个瓶子把花插上，放好清水，又发现新大陆一般把他窗外那片荒芜的草地撒上了那包作为赠品附送的向日葵种子。

"哈姆太郎！哈姆太郎！"她一边弄着，一边念念叨叨，手上沾满了黑色的泥土。

彦一不知道她在念什么，他对她的熟悉程度，还没有达到能让他主动开口询问的地步，更多的，他只是有些不适地看着这一切。

或许，还有些好奇。

他有些惊讶自己的心里，产生了叫好奇的情绪。

他想，也许是因为米兰在说的话，在做的事，在毫无章法地向他灌输的那个世界，对他来说，都太陌生了。

以前，他从未想过要去重新进入那个平凡世界，世界不需要他，他也不需要更多同情，就这样游离地活着就好。

但米兰，她对于这样赤裸的冷漠和拒绝，似乎是太过于自信了。

"我叫你阿彦好吗？"不等他回答，她就直接执行了。

他不知道她的强大能量来自于哪里，所以，他好奇。

"阿彦,你看,那些种子真的发芽了!所以,它们也一定会开花的!"米兰兴致勃勃,一下子站起来,也许是蹲的时间太长,她突然摇晃了几下。

彦一本能地伸手,她便如同一片云朵,恰好倒进了他的胸怀。

少女柔软的身体带着淡淡的香气,以他的站立处为支撑点,毫无防备地冲破了他从未打开的城堡壁垒,将他完美藏身之地撞出一道缝隙。

那缝隙里,是疯狂生长的孤独野草,还是曼妙开放的一枝梅花?

神秘是最初心的吸引,没有人能够抗拒。

而对于米兰来说,再没脸没皮故作洒脱,此刻也红透了耳根。

彦一的手,比她想象中,更加有力。他的手指在一刹那间敏锐地抓住了她的胳膊,曾经在初见时弥漫着迷离烟草气息的手指,透过两层衣料,让她感觉到如被火焰炙烤的错觉。

她飞快地站稳身体,在跌撞间飞奔而去,耳边有风声急速后掠,而她疑心她的脚底每一步,都惊慌到开出了粉色的小花。

七

"姐姐,怎样才能得到一个人的心?"米兰认真地问米茴。

"用你的心去和他交换。"米茴对于一向自信爆棚的优秀小妹问出这样的问题感到好笑,她揉着米兰的头发很神婆状地回答。

"可是,我已经很努力把心给他看了,他根本不回应。"米兰却当了真地沮丧起来。

看到小妹如此表情,米茴倒不忍再调侃,反而担心起来。

"那么,就再给他也给自己一点时间,米兰,今天种下花的种子,不会明天就开出美丽的花,时间和耐心,是无法取代的过程。"

彦一站在机场的安检处,他竟然犹豫了一下。

他觉得他好像忘记了什么事,那事很小很轻,像一缕细细的烟灰,不知道何时掸落在了心里,轻轻地烫过一下,但转眼就消失了痕迹。

他到底想不起来,只好放弃。

"菲尔教授，您知道彦一去哪儿了吗？"

米兰的脸色有些苍白，她一直是个爱笑的姑娘，爱笑的姑娘运气都不会太差，加上她成绩好，情商出色，所以即使是以古怪粗暴脾气著称的菲尔教授，对她也一向多几分宽容疼爱。

"他回中国了，没有和你说吗？"老头儿遗憾地咂咂嘴。

虽然只是回去一个月，但那个古怪又可爱至极的小伙子不在的日子，他还是有些想念他的。

那个神秘东方来的小伙子，真是太对他的胃口。

米兰的脸色又白了一点，但她仍然在笑着。

"啊，他回去了……"

"你没有追上他吗？"老头儿的思维真是直接又粗暴。

米兰摇摇头，然后菲尔教授就吃惊地看到这个笑得和花朵一样的姑娘，眼睛里毫无预兆地掉下两颗泪来。

"兰？"

"教授，我的生日快到了，我问他讨要了礼物呢。"

我对他说，阿彦，你看我给你种下了这么多向日葵，能不能换你在我生日那天，对我说一句米兰生日快乐呢？

我以为他不会回答，可是，他突然抬头对我说，好。

教授，我都高兴得几天没睡好觉了，我好困啊。

他对我说了好，可是，怎么又无声无息地走掉了呢。

爱一个人呀，怎么这样容易难过呢？

彦一在飞机上闭着眼睛昏昏沉沉地睡。

这一次，他竟然看清了梦里的场景，弥漫着大雾的夜晚街道，两旁叫不出名字的笔直笔直的树木，他一个人站在街心，向每个方向看过去，雾都浓白如雪。

醒来后，他竟然有点难过了。

八

"所以，你飞了这么远，就是想坐在咖啡馆里，看看我手机里甜饼的照片？"

封信看着坐在对面的彦一，后者拿着他的手机，纤长的手指一划一划的，有时会停下来，对着某个细节看很久。

"她的眼睛，像安之，鼻子和脸形像你。"彦一认真地点评。

封信笑了笑，他的目光温柔，落在彦一的身上。

　　一年多不见，彦一有了很大的变化，这种变化，并不仅仅是外表上脱离了少年的桀骜青涩，迅速增加了属于一个成年人的某些矛盾气息，更表现在他的行为上。

　　他的行为和言语开始有了更多变化，虽然有些不那么常规化，但在封信看来，一切对彦一曾经如同死水的心防来说，都是好的变化。

　　他得承认，他和彦一的关系，也一直在发生奇妙的变化。

　　这是他的病人，也曾经是他的情敌，但现在，他想，这是他和安之的家人——虽然这个家人有些特别。

　　彦一那么辛苦地飞来看他们的孩子，却执意不肯让安之知道，明明已经来到了家门口，却只坐在咖啡馆里抱着他的手机贪婪地看着他初生的小女儿的照片。

　　虽然不知道他是怎么想的，但没有关系，封信都能由着他。

　　而彦一，也很清楚，封信会由着他。

　　他也不知道从什么时候起，他和封信之间，有了这种吊诡的彼此笃定。

　　这一年来，他只给安之写过一封电子邮件报平安，但他和封信，却一直保持着不算频繁的信息和电话联络。

淡淡的，但从未间断。

封信会按时询问他的身体状况，也会根据英国的气候和季节变化给他一些调理的建议，有时还会寄来一些食材和药材，里面附着的纸条上的字，和他本人一样俊逸有力。

他就是在这样若有若无的联系里，慢慢地沉下心来，安静地感受到，安之选择的这个男人，他那如同淡淡药草香般让人安心的性情。

对他竟亦如是。

"明天，我想去挑一些甜饼能穿的衣服，我不知道婴儿还需要什么……"迟疑了一下，彦一缓缓地有些不确定地看向封，"或者，我可以多买一些衣服，把一岁的、两岁的都买了？"

"好。"封信并不与他客气。他知道，彦一需要做些什么，来释放内心里对于这个孩子的爱意。

彦一爱这个孩子。

那种爱从他漂亮的眼睛里涌出来，有些不知所措的，无处安放般，这令他看起来天真又可爱。

"我还想给封爷爷和安之买些东西……"彦一盘算着，"但你别说我来了，你说我从英国寄来的。"

封信再点头："如果你明天去，我还能陪你一块儿，我明天休诊。"

"封信。"彦一突然冒出一句，"我是她舅舅吗？"

封信一怔。

"你当然是。"

他现在深刻地理解了当年安之对彦一的温柔。彦一就是有这样的魔力，当他对一个人放下心防的时候，他内里的柔软和干净，是让人觉得再低再轻的语声，也唯恐碰伤到他的。

彦一笑了起来。

他对笑这个表情掌握得不太熟练，但是他的面孔实在太生动好看，即使是轻轻牵了牵嘴角，也像是阳光冲破厚重云层猝不及防洒了满脸的惊艳。

"抽烟吗？"彦一突然熟练地拿出黑色烟盒，抬眼示意封信。

他想，封信一定会阻止他。

但是封信意外地笑了笑，伸手抽出一支来。

"这里是禁烟区，我陪你出去。"他温和地说。

封医生是聪明人，封医生当然有例外。

九

"阿彦!"

街对面有人叫他。

几乎是在这个声音响起的一瞬间,彦一突然一震,脑海里一直被淡雾掩盖的某个区域像刮起了一阵风,一下子露出了下面的内容。

米兰。

她说她要过二十岁生日了,生日那天她会给他送她自己烘焙的蛋糕来,而他答应会对她说生日快乐。

彦一没有抬头看向街对面,而是扭头去看咖啡店门口的水牌,上面有着今天的日期提醒。

米兰的生日,是明天。

不知道为什么,彦一突然就没有勇气了。

"怎么了?"封信察觉到了彦一的异常,他也看到了街对面背着双肩包的女孩,她穿着鹅黄色的裙子,笑容隔得那么远依然感觉到顽皮又兴奋,像是从春天里变出来的逃学小姑娘。

她奋力地朝彦一挥着手,封信可以肯定,她大喊着的"阿彦"，就是他身边站着的这个突然变得别扭僵硬的人。

他轻轻拍拍彦一的肩，手指触到的瞬间，彦一却敏感地全身震动了一下。

他抬眼看了一下封信，封信发现他的眼底，又变得迷雾环绕。

他在逃避什么。

"阿彦！"

米兰一边喊，一边急切地冲过街道。

她的眼睛太专注地盯在那个人身上，生怕他突然消失，以至于都没有注意到急驰而至的小车。

"小心！"封信惊呼出声。

彦一像是回过神来，几乎同时转身望去，急迫与慌张令他没有机会逃避，他到底是对上了那双清亮如水的眼睛。

小车刹住了，司机发出刺耳的咒骂。

米兰已经风一般地穿过了街道，来到了他们身边。

她气喘吁吁，站在清瘦挺拔的两个男人面前，仰起脸来，露出最灿烂勇敢的笑容。

阿彦，姐姐说，想要打开一个人的心，是需要时间与勇气的。

而我，想要打开你的心，路还很遥远吧？

我看见你住在森严的城堡里，外面是阳光漫天，而城堡的门和墙，却都无声冰凉。我不知道里面的景色是什么样子，也不知道你住在哪个房间，我只能围着它绕了一圈又一圈。

小鸟飞进去了吗？瓢虫在里面安家了吗？白玉兰的种子是否已经落入土壤？

我多想你有一天打开门，和我一起说说这些闲话。

我以为，我找到了一条墙上的小缝，从那小小的缝隙里，我看到了你的衣角，你的手指，你身边的树还有花。

我想小心的伸出手去，我只是想碰一碰你的手指。

你能不能，不要躲开，不要害怕？

十

"一路平安。"封信轻轻拥抱了一下彦一。

彦一低垂着眼没有应声，似乎是百无聊赖地看着地面，睫毛却几不可见地动了动。

"彦一。"封信认真地叫他一声。

彦一抬起头来。

封信想了想，还是决定把这几天一直忍着没说的话说出来。

"上次那个被你弄哭的女孩，叫米兰是吧？"

彦一有些不自在地轻咳了一声。

"她说她是来看同学的，结果与你巧遇。可是，你一定知道，她是追着你来的。她那么年轻，一定用了很多方法，吃了很多苦，才来到你面前，但是你板着脸那么生气，最后让她哭着走了。"

彦一有点受不了和封信站在候机厅里说这个了，他觉得四面八方好像都有着奇怪的目光看向他们，但也可能是他的幻觉。

或者，是他一直在逃避这个意外事件的真柜。

逃避米兰的笑容，也逃避米兰的眼泪。

"彦一，你告诉我，你觉得米兰她想要什么？"

如果轻易放弃，那就不是封信了，当他下决心要盯着一个人的时候，即使冷硬如彦一，也是无法躲闪的。

"她想要我……当面对她说生日快乐。"他终于投降，叹着气说出来。

是的，他到底没有实现承诺，不过是一句：生日快乐。

对他来说，就那么难。

"不是。"封信伸出长指，闪电般戳了一下彦一的胸口。

"不是生日快乐，她是想要你的心。"

"而那句生日快乐对你来说为什么那么难出口，因为那决定着，你要不要打开你的心，去试试新的人生。"

银鸟冲破天际，越过高山与大洋，一路飞向他要去的地方。

彦一烦躁地戴上耳塞，他想睡觉。

但是，他竟然睡不着了。

他最近的睡眠越来越像个正常人，白天是白天，黑夜是黑夜，头脑清明的时间越来越多，不知道是不是回国的这些天，封信一直在给他熬药调理的原因。

而现在，他明明是想要一场睡眠的。

这样，就可以避免封信可恶的声音，持续回响在他的脑海里了。

为什么不呢？

封信微笑着——这男人多数时间是个好脾气的医生，但有时也残忍得毫不留情。

你可以停在路边，和你不觉得讨厌的人喝杯咖啡消磨一下安静的时间；

你也可以在有人为你精心制造出一个个用心的浪漫的小把戏时，不要强行压制自己的感动；

你可以和普通的年轻人一样，去做很多没有意义的傻事——

彦一，你追问人生的意义太久了，而余生里，我只希望你过得毫无意义，只有美好时光大把虚掷。

我相信，安之和所有爱你的人，也是这样期望。

十一

他终于从一本厚重的书里，找出了那张被压得平整的小纸条。

画上的他，在她的笔下美丽如画，而他指间那一缕烟雾里，有一串小小的数字，其实，他早就看到了，那应该就是她的号码。

是的，是年轻男女间最常上演的桥段吧，她遇见他，为他作画，留下号码，明明白白地告诉他，她喜欢他。

而他，就照着故事里那样，给她打电话，邀请她一起共进晚餐，陪她在校园里漫步，然后牵她的手，亲吻她。

他的心会慢慢地变得更软弱，也更坚强，会不知所措地跳动，也会充满忧虑与不安，就像此刻这样。

会为得到而欣喜羞涩，也会为失去而痛哭失声。

这样就很好吧。

就是封信说的，虚掷大把美好时光。

在他的余生里。

彦一轻轻地、一个字一个字地在手机屏幕上，按下那一串数字号码。

Hi，米兰。你，回来了吗？

米兰几乎不敢相信自己的耳朵，在电话时听到那个声音的同时，她的眼泪就那样毫无防备地哗啦啦地落下，像一场幸福的小雨，湿过了明亮衣衫。

她不知道，原来他对她的影响，已经深刻到这样的地步。

只是对她说一句话呀，一句简单的话呀，她竟能幸福到泪如雨下。

所有的委屈，所有的难过，所有的失约，竟然都有了回报。

她看见那阳光下，城堡的大门发出沉重的异响，要打开了，那古老的门，有人在里面，试图打开。

不要放弃，里面的人。

我来了。

是的，我回来了，阿彦。

她听到自己哽咽的声音，明明嘴角那么努力地上扬着，可是，潮湿的气息却循着无形的轨迹飘呀飘呀，飘到了那个人的耳中。

"那个……晚上，能一起吃饭吗？"

彦一握着电话，他的手心也是潮湿的，但，这一次不是因为心疾发作，也不是因为生病。

他只是，有点紧张。

像一个初次约会的少年。

曾经以为世界倾覆也不会再有丝毫容色变换的他，原来，终有一片阳光，能重新温暖。

还有……

他听到自己轻轻的略显别扭的声音，随着清澈的目光，落在窗外的那一片梦一样的色彩上，它们融化了他心里的坚冰，开花的刹那，不过一秒，天地已换新篇。

米兰，你种下的向日葵，已经开花了。

所以，如果我的星球上的那朵花，并不是玫瑰，而是一朵向日葵……

我是不是也可以试着说一句：

未来可期？

烟罗官方文学站开通公告
《繁花盛开的夏天2》
立刻免费阅读！

微信扫描二维码即可进入

烟罗

内 容 包 括

烟罗最新书讯和过去未来所有长短篇小说免费阅读站

烟罗自己更新的心情随笔和日常照片

各种线上赠书抽奖互动等烟罗读者活动

封信、方柯、彦一、安之、南玄、阿乔等番外小剧场

《星星上的花》《繁花盛开的夏天》等烟罗作品同人小说创作活动平台

感谢阅读
感谢有你